会计教育人生

欧阳清回忆录

欧阳清◎口述
朱金玉◎整理

上海交通大学出版社
SHANGHAI JIAO TONG UNIVERSITY PRESS

内容提要

欧阳清先生是我国成本会计学科的创立者之一，他对实行目标成本管理，推行标准成本制度做出了精辟而系统的阐述，为我国成本核算管理改革做出了巨大贡献。他是全国五一劳动奖章获得者，全国财税系统、辽宁省、大连市劳动模范，是会计教育改革的先行者，他半个多世纪的会计生涯，体现了中国老一辈学者的责任与风范，这本回忆录正是他学品和人品的真实写照，值得今天的年轻学者掩卷而思。

图书在版编目 (CIP) 数据

会计教育人生：欧阳清回忆录 / 欧阳清口述；朱金玉整理．—上海：上海交通大学出版社，2018

ISBN 978-7-313-16537-4

Ⅰ．①会…　Ⅱ．①欧…　②朱…　Ⅲ．①回忆录 – 中国 – 当代　Ⅳ．① I251

中国版本图书馆 CIP 数据核字 (2016) 第 317145 号

会计教育人生——欧阳清回忆录

口　　述：欧阳清　　　　整　　理：朱金玉

出版发行：上海交通大学出版社　　　　地　　址：上海市番禺路951号

邮政编码：200030　　　　电　　话：021-64071208

出 版 人：谈　毅

印　　刷：上海万卷印刷有限公司　　　　经　　销：全国新华书店

开　　本：710mm × 1000mm　1/16　　　　印　　张：10

字　　数：186千字　　　　插　　页：8

版　　次：2018年6月第1版　　　　印　　次：2018年6月第1次印刷

书　　号：ISBN 978-7-313-16537-4/I

定　　价：42.00元

1998年于大连家中留影

2017年于学校留影

2017年春节于上海家中留影

欧阳清夫妇与冬光姐伉俪（前排中间两人）、素光妹伉俪（右边前后两人）、宗健弟伉俪（后排右二右三）和宗商兄（前排右四）合影

1999年2月，欧阳清夫妇在福州衣锦坊老家（全国文物保护单位）花厅与大姐欧阳冬光（右一）合影

东北财经学院74级本科生、原国家审计署副审计长、本书序一作者董大胜（左一）2016年于欧阳清上海家中合影

2004年，张先治伉俪在欧阳清大连家中合影

2002年，欧阳清与夫人邵爱琴在上海家中合影

2012年复旦大学毕业60周年，返校组织参观中华艺术宫欧阳清与夫人邵爱琴合影

1996年，欧阳清夫妇与大女儿(右二)、
小女儿(前排左二)及儿子一家合影

2005年，欧阳清夫妇与儿子一家合影

序一　永远的师恩
——回忆欧阳清教授对我的培养教育

董大胜

2017年12月初，我正在外地参加省级领导班子换届干部考察工作。欧阳清教授（我习惯称他为欧阳老师，还是这样称呼他吧）打来电话，告知我他正在撰写回忆录，并嘱咐我为之写点文字。工作之余，伏案长思，我与欧阳老师四十多年的师生情谊，欧阳老师对我的培养教育，一幕一幕，越来越清晰地浮现在眼前。

我是1974年10月进入辽宁财经学院（现为东北财经大学）财政系工业会计专业74-1班学习的。我们被称为"工农兵学员"，是由所在单位群众推荐，组织批准，学校录取的。当时流行的理念是，带着工人阶级的嘱托，带着贫下中农的希望，带着革命部队的传统，走进三大革命的课堂，"上大学，管大学，用毛泽东思想改造大学"，简称"上管改"。我填报的志愿是大连工学院微电子专业，也许是看我有在农村做过四年大队会计的经历，把我分配到了辽宁财经学院学习。说实在话，在进入辽财之前，我还不知道有这样一所学校。入学后，进行入学教育，要求我们克服"男学工，女学医，学了财经没出息"的不正确思想，私底下也有人说，辽财"庙小神通大，学好财经胜过数理化"。无论如何，在那个火红的年代，服从组织分配，"我是革命一块砖，东西南北任党搬"是大多数人的指导思想，我们很快就投入到新的学习生活之中。

辽宁财经学院是文革中全国唯一保留下来并招生办学的财经类院校，并且，由于中央财经学院、中国人民大学等院校的解散停办，一批优秀教师转到辽财任教。虽然当时受到"四人帮"的严重干扰破坏，但辽宁财经学院还是保持了相对正常的教学秩序，讲授了一些专业课，比如政治经济学、财政金融、工商业经济、会计统计等。我们工业会计74-1班和74-2班的会计专业所有课程，都是由以欧阳老师为主的两位老师讲授的，另一位老师则是沈其煜老师，并且，两位老师还在我们三年的学习生活中，一直陪在我们左右，类似于班级辅导员。当时每个班是一个党支部，我是工业会计74-1班支部的学习委员，同欧阳老师的接触自然就多一些。欧阳老师在教学中，在与我们相处的日日夜夜中，有些事情留给我的印象非常深刻。

欧阳老师顶住“四人帮”极左思潮的干扰，坚持讲好专业课程。可以这样说，在我们所学的专业课程中，会计课程是学得最深最好的。这与欧阳老师的努力是分不开的。欧阳老师和其他有关教师编著了会计专业课的四门教材，分别是会计基础、工业会计核算、成本核算和资金管理，我们称之为四大本。在这些教材的教学中，我们学到了资金来源与资金运用平衡的原理，学会了账务处理与编制报表，学会了各种成本核算方法，学会了如何管理调度资金，学会了分析财务报表，等等。我过去在农村当会计，农业会计的记账编表自是熟练，但是不懂会计平衡基本原理，只会做账，而不知其所以然，当学了专业的会计课程之后有豁然开朗之感。记得在学会计基础课时，有一次闭卷考试，主要是会计账务处理。我较快完成答题并交卷，欧阳老师当场阅卷，给了我100分，这对我以后学好专业课是巨大的鼓励。

欧阳老师善于运用启发式教学，在讲课时他常说的一句话就是：那么我就问同学，这句带有福建口音的普通话，循循善诱，给人启发，与学生互动，解决了我们很多学习中的疑惑。直到现在，我依然会记得欧阳老师教学时的音容语调。

欧阳老师还把他的科研成果运用到教学中。在当时计划经济体制下，国有企业的流动资金分为定额流动资金和非定额流动资金。定额流动资金包括储备资金、在产品资金和产成品资金三个部分。人们在考察定额流动资金周转率时发现，储备资金周转率、在产品资金周转率与产成品资金周转率之和并不等于定额流动资金总周转率。其中的原因是什么，当时还没有人给出清晰明确的回答。欧阳老师根据马克思资本总周转的理论，揭示了其中的原因。当欧阳老师在课堂上讲授这部分内容的时候，我们既感到新鲜，也受到启迪，会计学也能和马克思的理论联系在一起，也有许多理论问题值得研究。就是从那时起，我开始系统研读马克思的《资本论》，在以后的学习和工作生涯中又多次反复研读。可以这样说，欧阳老师的科研与教学成果，推动了我努力学好马克思主义经济学说。

欧阳老师注重教学与实践相结合。我们在校学习期间，正值学习所谓“朝农经验”（朝阳农学院），大搞“开门办学”，即到社会上，到实践中，到工农群众中去办学。毋庸置疑，这种办学模式，对正常的高等教育教学秩序形成了严重冲击。但欧阳老师把“开门办学”巧妙地与教学实践结合起来，使之为教学服务，把“开门办学”冲击教育的负能量转化为促进教学的正能量。例如，1975年下半年，我们已经完成了工业会计核算的课堂教学。在“开门办学”的风潮下，我们到有关工业企业进行了为期四个月的教学实习。我与其他三位来自抚顺地区的学员，被安排到抚顺挖掘机厂实习。抚顺挖掘机厂是一家大型国有企业，生产各种型号的挖掘机，当时在国内很有名气。我们进厂后，从铸造车间，到金工车间，再到装配车间，一个一个车间地跟班学习劳动，熟悉生产流程，掌握会计核算、成本核算的特点。下车间完成后，我们又到厂部有关科室，从出纳、材料、应收应付款、成本、资金、分类账、总账、月季年度报表等诸环节一一接触，对工业会计实际工作有了直接的、第一手的了解，也学到了产业工人和一线财会工作人员的好品质。在我们实习的四个月中，欧阳老师和沈老师穿梭于各实习工厂之间，给我们以及时的指导。我们普遍感到，这次实习收获很大。在回校后的总结交流会上，我们畅谈了实习体会。记得一位同学用“冷手抓热馒头”来形容理论脱离实际的状态，受到欧阳老师的肯定，认为如不参加实践是学不到这样生动的语言的。

在与欧阳老师的接触中，他治学的勤奋、严谨、睿智给我留下了深刻的印象。我们刚入学不久，到大连市的一些企业进行了班组经济核算调查。因为我是支部学习委员，就指定我负责调查报告的撰写。我在报告中写到这样一句话：我们要深刻理解毛主席的“鞍钢宪法”精神（坚持政治挂帅，加强党的领导，大搞群众运动，两参一改三结合，开展技术革新和技术革命），否则就会左右摇摆。欧阳老师看了后，把左右摇摆改为摇摆不定。因为当时在那个极左思潮横行的年代，把左的说成右的，把右的说成左的，人们也搞不清怎样说才对，说不好还有政治风险。欧阳老师避开了左右的提法，同样把意思表达出来了。这个改动令我心悦诚服。可以这样说，这个改动对我以后在学术研究中，在起草修改文件报告中，如何更加精准地遣词造句，都产生了深远的影响。

欧阳老师一生从事教学与科研，著述丰厚，桃李满天下。他热爱自己的事业，热爱自己的学生。在他八十岁高龄的时候，还在下厂调研，著书立说。这样强烈的工作热情，令六十岁即不思进取的我为之汗颜。欧阳老师与他培养的一代又一代学生保持着密切的联系，继续给他们以各方面的指导。我在1977年7月从辽财工会74-1班毕业后，留校在马列教研室做政治经济学教员。不久就到辽宁大学参加辽宁省高等学校政治经济学教师进修班进行了为期一年的学习。1980年我考取财政部财政科学研究所研究生部硕士研究生，毕业后回到辽财财政系任教。1985年我到厦门大学攻读博士学位，毕业后因喜欢北京金色的秋阳，机缘巧合到了审计署工作，直到2014年年满60岁离开行政领导岗位。多年来，欧阳老师一直关心着我，在我人生的每个阶段都给予帮助与指导。我与欧阳老师一直保持着密切的联系，与他的家人也很熟悉。欧阳老师的夫人邵老师，是大连某大型国企的总会计师，为人热情爽朗，有着极为丰富的实际工作经验。我对欧阳老师的父亲也记忆犹新，20世纪80年代初，我在上海财经学院参加中外合资企业会计培训班时，到虹口区同心路看望欧阳老师的老父亲，老人家躺在床上，用电动剃须刀刮胡子，这一情景至今历历在目；我更是感激欧阳老师的大女儿欧阳宁女士，我在厦门大学求学三年，每年寒暑假回大连途经上海在公平路码头换乘海轮，都是由她帮我代购去大连的船票——那时的船票是极为紧俏的。如果没有她的帮忙，我不知道要在上海等上几天，排多长时间队，才能购买到回家的船票。

还必须提到的是，我的爱人王卫平，她也是辽财工业会计系74-1班的同学，毕业以后就留在财政系会计教研室工作，作为欧阳老师的助手，先后从事经济分析课程的助教和教学工作，直至1988年调入中央财经大学。她的成长进步，更是得到了欧阳老师直接的较长时期的教育和指导。

在我的学习生涯中，还曾师从财政部科研所的许毅教授、厦门大学的邓子基教授等著名专家学者。欧阳老师是我进入财经领域教导我的第一位知名教授，他给我的影响无疑是相当大的。正是在这些著名教授的培养教育下，我才得以完成学业，在学术上和工作上有所进步。在这里，我要向欧阳老师表达由衷的感激之情，您的培养教育之恩，学生永远铭记。

祝愿欧阳老师和师母邵老师健康长寿。

2017年12月17日

序二　一生的导师

张先治

盼望已久的欧阳清教授的回忆录即将出版，我感到非常高兴与激动。先生希望我在书中写点什么，无论作为先生的弟子，先生团队的一员，还是先生的“家人”，我都觉得有许多话要说，也十分愿意借此机会分享我与导师的情缘。

时间过得真快，想想自己与先生相识已经近40年了。从与先生相遇、相知并结为师生，受益恩师多年教诲乃人生幸事，已成为我生命中永远的记忆。

一、荣入师门、指明方向

1978年，我考入辽宁财经学院财经系工业会计专业，入校后我们就听说会计专业有几位全国著名的教授，如王盛祥教授、谷祺教授、欧阳清教授、邓延芳教授、夏乐书教授等。我们一直渴望能聆听这些教授们的授课，幸运的是欧阳清教授正是我们的专业课“工业企业经济活动分析”的主讲教师。“工业企业经济活动分析”是我国20世纪80年代会计专业的四大主干专业课（会计学原理、工业会计、财务管理和工业企业经济活动分析）之一。欧阳清教授是我国“工业企业经济活动分析”学科领域的奠基人和带头人。我们所用的教材是欧阳清教授主编的《工业企业经济活动分析》。这门课程因涉猎学科基础宽泛，经济活动分析指标数量多、内涵复杂，再加上欧阳老师创立的三阶段考试、期末综合评分的教学考核机制，是学生们公认的学习难度大、考试难过关的课程。正是在这门课程的学习中，我成为全班唯一三阶段考试都及格并最终考试成绩第一的学生，因而得到了先生的偏爱，这一方面为先生后来希望我留校并成为他的研究生奠定了基础，另一方面也为我热爱并从事经济活动分析教学与研究工作奠定了基础。

1982年，在我本科毕业前，欧阳老师鼓励我报考研究生并留校任教。虽然在当年的研究生考试中我取得专业第一名的成绩，但终因身体原因未被录取，也未能留校。我毕业后在大连市交通局和大连市经委工作两年，欧阳老师时刻关注着我的成长。当他知道学校体检要求有变化，再加上我所在的大连市经委正在进行机构改革时，就与汪祥春教授一起动员我回校工作，并努力向有关部门争取让我免试攻读1985年的硕士研究生。那次虽因制度等原因也没有如愿，但在两位教授的感召和帮助下，我还是回到了母校任教并再次以专业第一名的成绩考取了1986年会计学专业硕士研究生，荣幸地成为欧阳清教授的弟子，跟随先生开始了在"企业经济活动分析"和"成本会计"等领域的学习与研究。先生引领前沿的研究导向，理论联系实际的研究风格，一丝不苟的研究态度，立德树人的教育理念，都深深地影响着我，这成为我一生的财富。

二、良师益友、引领前行

当时在职攻读学术型研究生的我，既是欧阳教授的硕士研究生，也是先生教学与研究团队的一名教师，研究生毕业后也一直追随先生从事教学与研究工作。无论在学术研究领域，还是在教书育人方面，先生都是我的良师益友，引领着我不断前行。

先生的研究始终紧密结合我国经济发展和体制改革的实际，先生是全国"经济活动分析"和"成本会计与管理"两大研究领域的领军人物。在经济活动分析领域有《工业企业经济活动分析》《企业经济分析学》《工业企业经济活动分析图解及题解》等著作。先生主讲的"工业企业经济活动分析"课程成为中央电大会计学专业和金融学专业的主修课程,《工业企业经济活动分析》《企业经济分析学》教材是中央电大指定教材和全国自学考试指定教材，在全国都有着重要的影响，影响了数以万计的经济活动分析人才和经济管理人才。先生在成本会计和成本管理领域有《成本会计学》《成本管理》《会计大典——成本会计卷》《工业企业成本技术经济分析》《成本管理理论与方法研究》等著作以及《成本目标管理的理论与实践》等论文。先生撰写的论文《关于工业企业班组经济核算问题的探讨》在《会计研究》创刊号发表,《成本目标管理的理论与实践》被中国会计学会评为新中国成立以来有代表性的四十篇论文之一，并收录在《现代会计手册》中。改革开放后，先生在《会计研究》上发表的《我国成本管理的现状与改革思路》等论文在成本管理理论界和实务界都产生了重要影响。

在先生的指引和培养下，我有幸参与了先生的多部著作和论文的写作。如在经济活动分析领域，编写了《工业企业经济活动分析》《企业经济分析学》《工业企业经济活动分析图解与题解》等；在成本管理领域，参与编写了《成本会计学》等教材，合写论文《我国成本管理的现状与改革思路》等。目前东北财经大学的财务分析学科和成本会计学科仍然处于全国领先地位。我参与主编的《财务分析》主教材、《财务分析习题与案例》一直是国家级规划教材，财务分析课程是国家级精品课和国家级精品资源共享课，财务分析教学成果获国家级教学成果二等奖等。这些都是先生培养的教研团队取得的成就。

先生是中国会计学界教书育人的楷模，获得全国五一劳动奖章，全国财税系统、辽宁省、大连市劳动模范等诸多荣誉称号。他的“全方位”教书育人理念，即“在教书中育人，在育人中教书”“理论联系实际，在实战中培养人才”等，对我的成长与发展都有着深刻地影响。当我荣获全国师德先进个人、全国自强模范、国家级教学名师及辽宁省劳动模范等称号时，首先想到的是先生的言传身教和精心培养。没有先生的栽培，就没有我今天的成绩。

三、严师慈父、犹如家人

与先生结识近40年，从当初面对严师的“怕”到如今面对慈父的爱，有说不尽的恩，道不完的谢。我早年丧父，先生对我事业发展和生活方面的关爱，早已超越了师生情谊。

记得硕士毕业后，自己一度非常迷惘。20世纪80年代末期，在计划经济观念与市场经济观念交织在一起、自己的事业压力与生活压力也交织在一起的时候，我曾想到过离开学校，离开大连，甚至想到过离开中国。在我矛盾彷徨的时候，是先生的教诲给了我力量，给了我方向。在先生的鼓励下，我决定继续攻读博士学位。当时，我面临着是到外校读会计学专业（当时东财没有会计博士点），还是在本校跨专业学习两种选择。先生又亲自向著名经济学家、东北财经大学教授汪祥春推荐，使我如愿成为汪教授的第十位弟子，开始了向更高、更宽学术领域的探索。当我在事业上取得进步时，先生为我高兴，告诫我要谦虚；当我在事业上遇到挫折和受到委屈时，是先生为我鸣不平，鼓励我要努力。我两次破格晋升职称，多次获得荣誉称号，都凝结着先生对我的培养和关爱。

在生活上，先生更像父亲一样无微不至地关心。我刚回校时住在青年教师宿舍，结婚后条件十分艰苦，欧阳老师看到后，将自己家里的煤油炉等生活必需品都拿过来给我们用。我爱人当时在市自来水公司工作，离家较远，为了让她照顾家庭支持我的工作，欧阳老师亲自找相关部门沟通，先将她调到离家较近的单位，后来又调回到学校工作。每逢节日我们全家都会到老师家做客，师母总是做上一桌子菜款待我们。我儿子每年六一收到的最好的礼物一定是欧阳爷爷的礼物。随着我年龄的增长和工作越来越忙碌，我的身体一度不太好，先生因此十分关心我的健康，每次电话必叮嘱我注意身体，从外地回来还给我带一些保健品。

虽然我早已为人父、为人师，但先生永远是我事业与生活的见证者和指引人，每当生活与事业上有什么新的进展我都要跟先生汇报，每个节日也都不会忘记给先生带去问候，而这都源于先生的师德魅力。仍记得当年在学校首届师德经验交流会上我的发言："如果说我今天取得一些成绩，那是我导师的高尚品德一直在影响着我，使我终身受益。欧阳清教授虽然已经退休，但他还坚持到第一线调查研究，著书立说，指导企业实践，他勇于探索、爱生如子的品德时时在激励着我。人生可能会遇到一些不幸，但我幸运的是，在我的求学道路和人生道路上遇到了具有崇高师德的老师，是老师改变着我的人生"。

欧阳老师——我一生的导师，谢谢您！

2017年12月26日于东财晨光园

目　录

第一章　少年时期：生逢乱世，辗转求学……1
第二章　中学时期：初识会计，勇于抉择……9
第三章　大学时期：良师益友，人生转折……15
第四章　执教东财：岁月蹉跎，不忘初心……26
第五章　教学生涯：以智育人，以德树人……31
第六章　科研成果：创新理论，躬行实践……67
第七章　会计世家：一门俊杰，三代财会……87
第八章　夫妻恩爱，白头偕老……91
第九章　个人与他人评价……97
第十章　退而不休，继续奉献……106

附录……114

后记一　写给恩师……144
后记二　师生之谊，情同父子……147

第一章　少年时期：生逢乱世，辗转求学

福建，位于我国东部沿海地区，依山傍海，风景秀丽。早在秦朝时，朝廷就在这里设置闽中郡，只是还未能对福建实施直接管辖，而是作为一个藩属国存在。公元前202年，汉高祖刘邦封福建为闽越国，福建正式归入中央政权的统治和管辖的范围之内。三国时期，北方移民逐渐增多，设置了建安郡，出现了福建省历史上第一个城镇——晋安（今福州）。到宋元时期，随着对外贸易的发展，加之两宋时期北方战乱，大量文人南迁，使得福建成为当时经济最发达、文化最兴盛的地区之一，博得了“海滨邹鲁”的美誉。从这时起，这片福域宝地便孕育了一代又一代的民族精英，如宋代理学家杨时、朱熹，文学家柳永，史学家郑樵，书法家蔡襄，清代民族英雄林则徐、船政之父陈绍宽、西学泰斗严复，近代“世纪老人”冰心、文化骄子郑振铎、数学家陈景润等，形成了浓厚的教育和读书的氛围。本书的主人公——欧阳清，便出生在这块有福之州——人杰地灵的福州。

欧阳清的祖父及其子女合影，前排右一为欧阳清的父亲

1930年7月20日，欧阳清出生在福州的一个工程师家庭，排行第三（大姐欧阳冬光、大哥欧阳宗商，后又有妹素光、维懿和弟宗建）。父亲欧阳崐于1923年自福州马尾海军学校毕业后，前往日本佐世堡海军实习，兼任军舰监造工作。回国后，在上海海军军械处任职。

欧阳清及兄弟姐妹与父母合影（前排左一为母亲张宛冬，前排中为弟宗建，前排右为父亲欧阳崐，后排左一为妹素光，后排左二为欧阳清，后排中为姐冬光，后排右二为哥宗商，右一为妹维懿）

1936年秋，六岁的欧阳清已到了上学的年龄。为了让他能够受到更好的教育，母亲带他来到当时的教会学校——上海圣德小学就读。1937年7月，抗日战争全面爆发，上海很快沦陷。在不愿做亡国奴的思想的感召下，欧阳清父亲毅然让家眷回福州，自己则随国民政府撤回到重庆。欧阳清便于1937年底跟随母亲回到福州陶淑小学继续读书。

欧阳清幼时基本是跟着母亲张宛冬在福州生活。当时经济环境并不是很好，加上家里孩子众多，开支都单靠着父亲的薪水过活，欧阳清幼年的生活并不是十分富裕，幸好有母亲勤俭持家，生活也还过得去。欧阳清的母亲虽然不是大家闺秀，却是一位勤劳、善良，而且接受过新思想、新教育的时代女性，早年更是在新学师范学校就读过，深知知识对孩子的重要性。虽然家境贫寒，她依然坚持让几个孩子早早地接受了启蒙教育，自己则一个人承担了所有的家务，这在当时父母分离的困境下实属不易。

在陶淑小学，欧阳清结识了自己童年时关系最好的两位小朋友——杨望松和吴省白（后改名吴省都）。当时，欧阳清的父亲和杨望松的父亲都在国民政府海军下属单位工作，一起住在对湖靠山坡的同一片楼房里，吴省白则住在对湖路边，距离都非常近。三人每天都结伴上学，结伴回家，经常一起分光饼、糖果等零食吃，整天形影不离，关系格外亲密。这为生活在动荡年代的欧阳清的童年带来了不少快乐。然而，仅仅过了两年，日本侵略者的炮火就席卷了福建，福州很多地区也遭到了日军轰炸，为了避难，陶淑小学的许多师生开始各奔东西。最初的"铁三角"——吴省白一时不知所踪，杨望松先是迁居跑马场，后来又跟随家人逃到了江西上饶、崇安（今武夷山）等地。欧阳清则跟随母亲四处辗转，先后求学于福州岑后小学、英华小学、南门镇小学、鼓楼小学等学校。从此，三人失去了联系。

历史坊间的重逢

2007年8月，国家文物局正式批复《福州市三坊七巷文化遗产保护规划》，福州市随即开始了"三坊七巷"6处国家保护单位的修复工作。福州市文物局局长杨勇作为主管部门领导，经常到"三坊七巷"指导工作和监督修复进度，对这里许多民居的原住户的情况自然是了如指掌。

有一天，杨勇去探望叔叔杨望松，无意间两人聊起了"三坊七巷"原住户的情况。当聊到"欧阳清"这个名字时，杨望松的心头突然一震，心想："这不是自己老同学的名字吗？"便赶紧打断了杨勇的话，向他打听起"欧阳清"的详细情况。结果自然如杨望松期盼的那样，此"欧阳清"就是彼"欧阳清"，正是自己阔别七十年的小学同学，这让杨望松喜出望外。通过侄子的多方协调，杨望松很快便与欧阳清取得了联系，并开始了书信往来。万语千言难说尽，对于七十年的阔别，两人均是感慨万千，很快联系便频繁了起来，彼此对各自这七十年的经历也逐渐有了了解。

抗日战争时期，杨望松先是迁居跑马场，后跟随家人逃到江西上饶、崇安（今武夷山）等地辗转求学，抗日战争胜利后回到福州，在福州高商（今福州商学院）继续读书。1947年，只读了两年商业会计的杨望松（时仅15岁）在进步思想的影响下，就离校参加了中国共产党领导的爱国学生运动。1948年9月，在白色恐怖笼罩下，又毅然参加了中共福（州）长（乐）林（森）中心县委领导下的革命活动。1949年9月，榕城解放后，杨望松从中共福马工委转入中国人民解放军，并随军南下，从此开始了戎马的一生。

老同学：

你好！阔别七十年终于取得联系，获悉你发展顺利，很有成就，身体健康，家庭美满幸福，深感欣慰。

我、你、吴福白三人在陶淑小学共同就读一、二年级，三人结伴上学，放学后同路相行，亲密无间，形影不离，经常分食零吃，往事历历在目，回忆起来倍感亲切。

说也巧，高商两年同年段不同班级竟会错过相识机会。高二后我即参加党所领导的地下斗争，离开高商，奔赴农区，参加游击战争。榕城解放后不久，即转入部队，与吴福白同在一个连队，我开始还把他当作你，因为我对你的印象更深一些。我们家靠得很近，而且每次放学，总是送完你们我最后到家。我们父辈还相识，都是民国海军，小时母亲常说你们欧阳家的情况，这次能找到你也是因为"三坊七巷"拟筹建欧阳家纪念馆。

阔别后的情况，千言万语说不尽，待见面时畅谈。附材料一份，供了解我的历史情况。

祝你新春快乐！全家幸福！

杨望松

元月廿二日

杨望松写给欧阳清的书信

从1949年9月入伍到1988年11月离休，四十年间，杨望松从一个普通的贫苦青年学生成长为部队的师级领导干部。

分别71年后，欧阳清偕夫人与小学二年级同学杨望松伉俪（前排左一，后排左一）、吴省白伉俪（前排右一，后排右一）于上海合影

1941年4月，日军占领福州，加强了对福州地区的侵略，很多市郊和乡村的学校、医院等公共设施被炸毁，欧阳清求学的环境变得非常恶劣。出于安全考虑，也为了帮家里节约开支，1941年7月，欧阳清主动转学到道山小学，在那里读完了小学六年级。

说到这里，就不得不提一下这一时期欧阳清的家庭状况和其母亲张宛冬的伟大之处了。1937年底，母亲带着欧阳清回到福州之后，便与撤退到重庆的父亲失去了联系，家里也因此断了经济来源。而此时的欧阳清家里，上有婆婆需要张宛冬照料，下又有六个孩子需要她来抚养，生活一度非常艰难。面对这种情况，张宛冬表现出了新时代女性的担当，不仅没有退缩，更没有埋怨丈夫，而是勇敢地扛起了家庭营生的重担，她先是典卖掉了丈夫收藏的几瓶国外红酒，以应付眼前的困局，然后又典当了一些自己陪嫁过来的家具，以维持家里的日常开销。等孩子们陆续入学以后，她又联合妯娌在老家开办了一家手工纺纱工场，她担任管理工作。虽然在地主、买办和外商的压迫下发展很慢，规模也非常小，但好赖也有一些盈利，这才保住了几个孩子的上学路。而除了忙于家庭营生，母亲在生活上对欧阳清的照顾可谓是无微不至，不仅尽可能地给他提供有营养的食物，还在秋冬之际给他织毛衣、做衣服。此外，她还教导欧阳清要勤俭、整洁，注意自身仪表，当时的小学同学看到欧阳清的衣服总是很整齐、干净，还一度认为欧阳清是富家子弟。而在母亲的教育影响下，欧阳清也慢慢表现得比同龄孩子更为成熟，经常主动帮母亲做一些力所能及的家务。

母亲张宛冬深知知识的重要性，因此格外重视孩子的教育问题。欧阳清的小学是在不断地转学过程中读完的，而且各个学校的距离有远有近，即便是这样，不管家务多繁忙，她仍然经常到学校或者邀请老师家访以了解欧阳清的学习情况。在课堂之外，除了自己出题考核孩子的学习之外，还请班主任做欧阳清的家庭教师，在假期为他报补习班。少年欧阳清非常理解母亲的良苦用心，也非常珍惜学习的机会，学习一直非常勤奋、刻苦，成绩不仅在同族的五个同龄孩子中是最好的，在几所学校的同学中也是名列前茅。

1943年6月，欧阳清顺利从道山小学毕业后准备报考中学。为了让孩子得到更好的教育，母亲打算让欧阳清报考福州的一所教学质量较好的县立中学。可欧阳清非常反对，一是因为县立中学不在福州市区，而在闽侯，距离非常远，欧阳清并不愿意远离家庭；二是因为他准备报考福州市区的一所私立学校，虽然学费稍贵，却可以走读，这样自己就可以一边求学，一边帮母亲料理家务。尽管他一直以哭泣甚至绝食“对抗”，却还是没能拗得过母亲，最终还是报考了福州闽侯县立初级中学。

1943年9月，欧阳清以优异的成绩升入福州闽侯县立初级中学，又踏上了“艰辛”的中学求学之路，这一点首先就体现在了他前往学校的路程上。闽侯县立初级中学位于闽侯县尚干镇，地处福州市区西北部，背靠峻峭的五虎山，与欧阳清家所在的马尾镇隔江相望，虽然距离并不远，但当时的交通环境非常恶劣，短短二十多公里的路程，欧阳清就先后坐了一个小时马车、三个多小时轮船才到达学校，各种艰辛可见一斑。尚干镇地灵人杰，出现过两个名人，即辛亥革命元老国民政府主席林森和二十年代共产党工运领袖林祥谦。

闽侯县中是公立学校，师资水平很高，教学秩序井然，但是1944年10月，福州被日军占领。上级决定将学校迁往闽侯县西边山区永泰县，于是，在夏季的一个黎明，几百名初中生，背着行囊，在老师的带领下，艰难地攀爬，行走在五虎山峻峭的羊肠小道上。欧阳清那时才十四岁，到半山腰实在背不动行李，只好把被褥丢掉，当天晚上住在难民所，第二天继续行走，最后到达永泰县南大樟溪边一座破旧大院，也就是新校址。这座大院原先属于一个大家庭，当时无人居住，院内有一个篮球场大小的石板场，四周台阶上各有一排双层木房，大约有数十间房屋，学校经与永泰县政府商定，作为新校舍使用。

此时已逐入深秋，天气逐渐转凉，欧阳清没有铺盖，只好和同学共用一条被，睡在地板上，好在同学都非常热心，给予了他很多帮助。只是屋漏偏逢连阴雨，不久之后，他又和母亲失去了联系，断了经济来源。而这时，又该交这一学期的伙食费了，如果交不上去，就将面临退学的危险。无奈之下，他只好把母亲给他买的手表卖掉，这才交齐了伙食费，继续自己的求学之路。

一年以后，日军向海边撤退，学校便由山区向河谷平地转移。由永泰山区迁到闽江之滨闽清县小箬镇旁的一处山丘上。此处下临闽江，背后是大片青翠的竹林，景色宜人。课余时间欧阳清与同学到江边散步或学习游泳；有时与挚友吴鸿基结伴漫步在山腰的竹林小道上，一起背诵唐诗，有一次，两人曾流畅地把白居易的长诗《琵琶行》一口气背下来。

1945年5月，福州光复，欧阳清又随全校师生搬回到闽侯旧校址。可是，由于日军的长时间掠夺，即便光复，福州及其周边地区的经济环境依然非常恶劣，学校师生的生活条件并没有太大改善。

正是在这样的条件下，欧阳清渡过了剩余的初中学习生活，于1946年6月顺利毕业，终于走完了这段“艰辛”的求学之路。1946年9月，欧阳清考入福建省立高级商业职业学校，从此，便与会计结下了不解之缘。

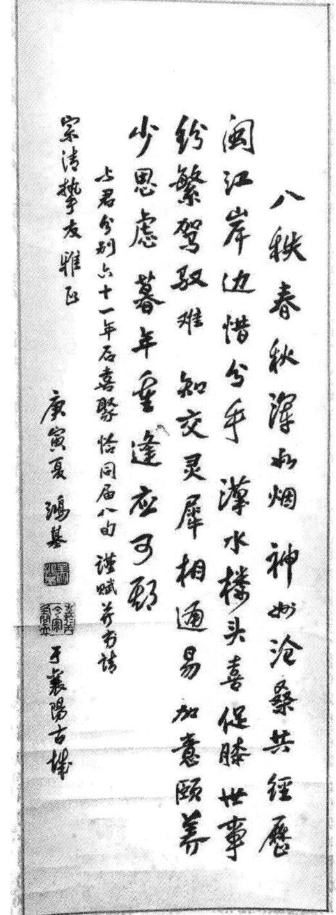

吴鸿基赠予欧阳清的诗

分别61年后，欧阳清与初中同学吴鸿基于襄樊合影

欧阳清回忆："我在初中阶段，吴鸿基同学是我挚友。初中毕业后，鸿基就读普通高中，我们两人还时常有联系，福州解放后，我去上海同父母团聚，他在闽江中洲码头送我。61年后的2010年春天，我去湖北调研时，专程去襄樊他的居住地，与他会面，两个已白发苍苍的七旬老人执手相看、相拥抱，思绪万千。我回上海后，他作了一首诗赠送给我。"上图就是他作的诗和相见时的合影。

第二章　中学时期：初识会计，勇于抉择

1945年9月，抗日战争全面胜利后，欧阳清的父亲欧阳崐便回到了上海，在国民政府海军上海军械处担任检测科科长，以后又调到江南造船厂担任检验室主任工程师。然而仅仅过了几个月，到1946年8月，国民党军队突然袭击了共产党在中原地区的一个集结区，全面内战遂告爆发。紧跟着，物资开始变得紧缺，货币贬值，物价飞涨，父亲的薪水维持家里的生活都很困难。尽管如此，父亲还是尽其所能地让每一个孩子都能读书，虽然无力供应孩子们读大学，却也都读了中专，比如欧阳清的姐姐欧阳冬光就读于福建省立高级商业职业学校，哥哥欧阳宗商就读的是福州航海职业中专。姐姐毕业之后到上海，在江南造船厂担任会计，很快减轻了家里的经济负担。

1946年6月，欧阳清从福州闽侯县立初级中学毕业，面临着读高级中学还是考中专的人生选择。读高中能够升大学，这是少年欧阳清一直的心愿，只是大学学费高昂；读中专，不仅能够早日工作，而且学费较低，距离家乡也近。思虑再三，也受到姐姐的影响，欧阳清还是决定报考福建省立高级商业职业学校，学习会计专业，从此便与会计结下了不解之缘。

在学校期间，欧阳清学习一直非常努力，专业课成绩也十分优异。当时，成本会计课是非常枯燥的，学生们学起来也非常吃力。任课老师陈奋老师理论结合实际，还不时穿插一些财会小故事，深入浅出，深受广大学生的喜爱，学习也变得轻松起来。这些都对欧阳清在成本会计的学习和研究产生了重要的影响。新中国成立前，陈奋移居我国台湾，便与欧阳清失去了联系。直到近些年来，台湾地区管理会计协会有一次邀请早已成为全国著名财会专家的欧阳清前去访问，在交流会上碰到了已经年迈的在大学里担任教授的陈奋老师。巧合的是，当时欧阳清随身带着

的两本自己撰写的书，也正是陈奋当年教授他的课程——成本会计。看到这一幕，尤其是看到那两本书，两个人都感慨颇多，聊了许久许久……

欧阳清在台北与陈奋教授合影

1947年，随着人民解放战争不断取得胜利，国统区人民反对美蒋反动派的斗争日益高涨。为了正确领导国统区的爱国民主运动，1947年2月，周恩来代表中共中央起草了《在白区对国民党的对策》，提出“反饥饿，反内战，反迫害”的口号。1947年5月4日，在中共地下党的领导下，上海学生举行示威游行，提出“要饭吃，要和平，要自由；反饥饿，反内战，反迫害”。示威学生遭到国民党特务的殴打，各校学生立即罢课抗议。同时，在南京、北平、天津、武汉、杭州、南昌等地高校也有大批学生罢课，举行游行活动来响应和支持爱国运动。在地下党领导下，全国各地开展了学生罢课、工人罢工、教员罢教等活动，推动了国统区爱国民主运动的发展，形成了反对国民党反动统治的第二条战线。福州作为福建省会，同样也有很多高校学生参与到了这场运动中。欧阳清受到共产主义思想的影响，坚决反对国民党挑起的内战，也积极参加了“反饥饿、反内战和反迫害”游行。他参加的游行队伍从市区走到仓前山英华中学，从下午两点走到晚上六点，声援全国各地的学生运动。期间，国民党反动派多次破坏游行队伍，不仅殴打活动组织者，还骑着自行车冲击游行队伍，却丝毫没有影响学生的爱国主义热情。从这件事中，欧阳清更加认识到了国民党反动的本质，更加坚定了他的共产主义信念。

欧阳清与高商同学于福州合影

在高商学习期间，同宿舍的同学黄亦华、李孝钜、林长征同学，毕业后一直保持联系。黄亦华曾担任福州物价局副局长，他到大连开会时总会来找欧阳清；李孝钜是在大连物资局财务处担任高级会计师，生前经常与欧阳清联系交流学术研究成果；林长征也是福州一家企业的高级会计师。欧阳清应聘福州大学兼职教授，还曾召集林长征等高商同窗好友，畅谈别后衷情，分别多年后，能够相聚的确是人生乐事！

欧阳清在台北与高商校友合影

1949年4月，中国人民解放军解放南京，南京国民党政府对全中国的统治宣告终结，之后解放军开始向解放全中国进发。此时，浙江、福建等沿海省份的局势变得更加紧张起来。这一时期，在和其他老师、同学的交流中，欧阳清深刻认识到知识对接下来国家建设的重要性。因此，即便局势紧张，他对专业课的学习却更加努力。其间，欧阳清还学会了一种乐器——月琴，并在学校的文艺表演中演奏了一曲《天长地久》，这在那个动荡的年代也不失为生活的一种调味剂。

1949年6月，欧阳清正式从福建省立高级商业职业学校毕业，当时福建尚未解放，浙江、福建等沿海省份的局势也比较紧张，所以他只能暂时留在福州。正在这时，远在台湾的堂弟写信来，希望欧阳清能去台湾帮他补习功课，只身在福州的欧阳清再次面临着人生的抉择。当时，欧阳清的叔叔任国民党左营海军基地司令，完全有能力让他坐军舰前往台湾。可是此时的欧阳清已经了解了国民党军队的溃败，也深刻认识到了国民政府的腐败，他深知此次往台湾必定没有前途，很有可能去了之后就再也回不来；而人民解放军胜利在望，大陆各个地区百废待兴，正是需要人才的时候，所以就拒绝了邀请，选择了留在大陆。

1949年8月，福州解放，欧阳清便前往上海，一是与父母团聚，二是准备考大学。只是让他没想到的是，由于局势混乱，福州到上海的道路已经无法通行，他只能先从福州出发，坐货车经古田、武夷山到达江西上饶，然后从上饶转坐火车，经杭州，最后到达上海，不足800公里的路程，他却花了整整六天。好在安全到达了上海，与父母团聚，却无奈错过了当年国立大学的招生考试。

讲到这里，有必要介绍一下欧阳清的父亲欧阳崐这一时期的情况了。1946年，内战全面爆发的后期，欧阳崐在江南造船厂担任检测处主任工程师。受欧阳清等子女的影响，加之也看一些中共地下党员寄来的宣传材料，更目睹了国民党的腐败，以及对爱国学生的镇压行为，欧阳崐深刻认识到了国民政府的反动本质，思想发生了显著转变。他认识到中国共产党是为广大人民谋福利。上海解放前夕，战败的国民党海军及其工厂的骨干员工要全部撤回台湾，不愿意迁往台湾的欧阳崐就装病，最后终于迎来了上海的解放。1949年5月，中国人民解放军正式接管江南造船厂，欧阳崐不久调到另一家军械厂，继续担任检验室主任，主要负责商船改军舰的炮火武器安装和检测工作，上级要求在短时间内完成这项艰巨的工程。欧阳崐是一个典型的技术人员，工作极度认真，技术也非常全面，他积极从事这项工作，亲自去吴淞口岸试验大炮的火力。时值数九寒冬，海面寒风凛冽，惊涛骇浪，不仅环境恶劣，工作也很危险，但他不畏艰险，顺利圆满完成了任务，还受到苏联援华专家的赞扬。

新中国成立前夕，一些不法资本家为了牟取暴利进行违法活动。在资产阶级的腐蚀和影响下，政府机关里的贪污、浪费、官僚主义现象有所滋长，有的干部堕落变质。为了防范不法资本家在政治上和思想上对工人阶级和国家工作人员的腐蚀，1951年年底，党中央和中央人民政府相继在党政机关和企业工作人员中，开展了以"反贪污、反浪费、反官僚主义"为主要内容的"三反"运动，在私营工商业者中开展了以"反行贿、反偷税漏税、反盗骗国家财产、反偷工减料、反盗窃国家经济情报"为主要内容的"五反"运动，并取得了重大胜利。在这个过程中，一些人错误地认为欧阳崐新中国成立前在国民党的海军造船厂担任中层管理，必定会有贪污、受贿、压榨工人的行为，就执意让他交代情况，否则就"严惩不贷"。欧阳崐为人忠实，廉洁正直，除了工作过于认真之外，从来没有贪污、受贿和压榨工人的行为，所以就什么也没有交代，这令那些人非常不满。"三反""五反"运动之后，欧阳崐便被调离了原来的工作岗位，转至军械厂后勤总务科做后勤工作。

1952年秋，也就是欧阳清大学毕业前后，欧阳崐看到子女都大学毕业或者找到了工作，虽然尚未到达退休年龄，还是坚持请工厂出具证明，以身体不适之由办理了退职手续，在家安心养病。

1955年，正当他安度晚年之时，海军司令张爱萍接见谈话，先是对欧阳崐之前受到的不公正待遇表示道歉，然后对他以往的工作业绩予以公正的评价，希望他继续报效祖国，为国家统一大业贡献自己的力量。考虑到当时欧阳清的叔叔在台湾，而且官职较高，欧阳崐就被派到香港做统战工作，希望能够策反欧阳清的叔叔及其他国民党海军人员。到香港前，张司令亲自接见了欧阳崐，还把手表脱下来送给他作纪念。张司令一席话对他有深刻的教育意义和极大的鼓舞，他修订了自己人生坐标，愉快地赴海外从事统战工作。于是他伪装成南洋商人进入香港，曾一度被当地人认为是南洋过去的富商。在这个特殊时期，他孤身一人面临前所未有的挑战，当时香港的国民党特务非常多，做统战工作不仅非常艰难，稍有不慎，即会被跟踪绑架，甚至还有生命危险。尽管如此，欧阳崐仍然坚持在香港工作了两年。他不畏艰险、不怕牺牲，历尽千辛万苦，终于较好履行了自己的职责。两年后，欧阳崐的身体状况持续恶化，只得申请回上海做手术，后就一直在家修养，到90岁高龄病故。欧阳崐对中国共产党非常有感情，虽然退休在家，却一直教育和鼓励子女在政治上、思想上和学问上要进步。后来，欧阳清兄弟三人先后都加入了中国共产党，都是高级知识分子，欧阳清和他的弟弟还都获得了国务院特殊津贴，这都与欧阳岷的教育分不开。

第三章　大学时期：良师益友，人生转折

欧阳清是幸运的，1949年6月他从福建省立高级职业学校毕业后不久正赶上福州解放，他就怀着为家庭、为国家学习之心重新回到上海，稍微安定的社会局势为他提供了继续求学的机会和环境；欧阳清也是不幸的，虽然历经千辛万苦回到了上海，却错过了国立大学的招生录取，无奈之下，他只能报考上海私立光华大学。这个决定让欧阳清的父亲有些发愁。

在复旦大学就读时期的欧阳清

当时，欧阳清的家里并不富裕，虽然父亲已经重新回到江南造船厂工作，但收入并不高，不仅要支撑一家老小的日常开销，还要供几个孩子读书，已经捉襟见肘。而欧阳清报考的光华大学是一所私立大学，学费昂贵，家里也只能答应负责欧阳清一年的学费。懂事的欧阳清自然知道家里的难处，考上光华大学后，他就一边学习，一边等待继续报考国立大学的机会——当时的国立大学如复旦大学、国立商学院（上海财经大学前身）是不收学费的，还一边寻找机会半工半读。幸运的是，当时光华大学校园里有个合作社正好招人，欧阳清就赶紧报名参加，一周两次在合作社做兼职售货员，再加上他平时还在校外做兼职家庭教师，就暂时解决了自己的一些花销问题。

在光华大学的第一年，虽然是半工半读，但欧阳清的学习却从来没有耽误。而当时的光华大学用的是从西方国家引进的全英文会计教材，这为欧阳清后来的学习、工作、科研奠定了扎实的英文基础。

1950年夏，欧阳清打听到上海学联在组织贫困学生参加社会调查活动，报酬就是开学后的学费由学联来负担，而自己要想继续在光华大学读书，那么学费就必须赶紧想办法解决。于是，欧阳清报了名，趁着暑假，参加了这次社会调查活动。就是在这个过程中，欧阳清听说了国立

商学院（今上海财经大学前身）招收转学生，就报名并考上了保险系。当时国立商学院在虹口区中洲路，学校规模较小，只有几栋楼，而且保险系并非欧阳清的兴趣所在，因此他虽然考上了国立商学院，心底却仍然有一丝遗憾。一个星期以后，欧阳清在报纸上偶然看到自己一直倾慕的复旦大学正在招收工商管理专业转校生的信息，于是又决定报考复旦大学。当时，报考的学生非常多，却只招收4名学生，但欧阳清还是以第一名的成绩考入复旦大学工商管理系，这得益于他在光华大学打下的扎实的会计和英文基础。

关于这段考学、转学的经历，欧阳清回忆说："我能在复旦读书，可谓一波三折。我的第一所大学是上海光华大学，后又考入国立商学院（即上海财经大学的前身）。之后适逢复旦开始招生，再次报考并以优异的成绩被录取，成为建国初始的第一批复旦人。当时有不少人对我的行为感到难以理解。要读最好的大学，就是我唯一的回答。虽然我出生于知识分子家庭，父亲是主任工程师，但在解放前，供我们读书还是十分艰难的。我的哥哥和姐姐由于经济原因都选择了中专，而我本来是不想，也不能读大学的，一方面是因为我不希望给家里增添负担，另外家里也确实承担不起高昂的学杂费。新中国的成立给更多的人提供了受教育的权利和机会。可以说，我是幸运的，我终于走进大学的校门了，而每当我走进大学校门，都有一种强烈的愿望：把握来之不易的机会，珍惜宝贵的时光，读最好的大学，做最优秀的学生。"

复旦大学与国立商学院的环境大不相同，学校规模比较大，师资力量也比较强。考上复旦大学之后，欧阳清就安心在这里读书了。因为是转学生，所以直接读的是二年级。虽然公立大学不用交纳学费，但由于家里经济条件不好，无法供应他在学校的住宿费和伙食费，因此欧阳清只能选择走读。走读是真正的步行，当时也有一些学生购买了自行车或者乘坐公交车，但欧阳清买不起自行车，也不舍得花7分钱乘公交车，就只能每天坚持步行一个多小时到学校上课再步行回家。1951年夏，国家对全部大学生发放助学金，也免除了伙食费，这样欧阳清才得以开始住校读书。

据欧阳清自己回忆说："在复旦读书的第一年，我还不能算做百分之百的复旦人。由于经济条件的限制，我不得不走读以节省开支，每天都是步行一个多小时到学校上课。很多个下雨的清晨，独自走在静悄悄的大街上，只有雨声和足音相伴；而晚上回家，又往往是夜色阑珊。但在知识的世界里，我从未有过疲倦和辛劳的感觉，学习就是我最大的乐趣。"

欧阳清是这样想的，也是这样做的，他学习非常用功，入学考试时他的成绩是第一名，入学之后，他的专业成绩也是名列前茅。

在复旦大学学习期间，有两个人对欧阳清的影响巨大，一个就是教授成本会计的何士芳教授。何士芳教授毕业于金陵大学（1952年撤销建制，主体并入南京大学）经济系，曾在金陵大学、四川大学、齐鲁大学等多所大学任教，后来到复旦大学任教。据欧阳清本人回忆："何教授没有留洋背景，属于自学成才的本土专家，但是他留给人的印象非常深刻。当时他教我成本会计，用的教材是翻译的劳氏成本会计。当何教授讲课时，经常提出来哪些翻译得不够确切，也经常指出有些情况在国外可以这样做，但是不适合我们国家的实际情况。他虽然是用国外的教材，但从不照本宣科，而是非常善于联系中国实际。"

年轻时期的何士芳教授

何士芳教授要求学生们直接到工厂车间调研。有一次，去到一家纺织厂，欧阳清勤学好问，就问厂里的接待人员："每个月什么时候能报出成本呢？"工厂人员回答说大约二十天才能报出来。欧阳清不禁吃惊道："这简直太慢了，上个月的成本要这个月过了一多半才能报出来，这得影响多少工作？！"接待人员却说："我们计算成本很复杂，是连续性结转计算，要这个车间算完了才能转到下个车间，下个车间结转后才能计算再下个车间，所以需要这么长时间。"欧阳清当时就想："成本核算需要这么长时间，能不能改革呢？能不能提高效率呢？"当时青年欧阳清就在心里打了一个问号，这也为他以后在成本核算改革方面做出卓越贡献埋下了伏笔。

1959年，欧阳清工作的东北财经学院搬迁到大连，与辽宁商学院合并成立辽宁财经学院（后改名为东北财经大学），结果何士芳教授就在辽宁商学院任教，两人竟然又成了同事，这让欧阳清感到既惊喜又亲切。后来，何士芳教授在北方过不惯，又调到南京工业大学。虽然分隔两地，但两人一直都有联系。文革中，欧阳清到南京调研时，还特地去何教授家拜访。何士芳教授对欧阳清影响和启发最大的就是讲课和研究怎样注意理论联系实际，这奠定了欧阳清一生从事研究工作的理论基调。

除了何士芳教授，另一个在复旦大学期间对欧阳清影响巨大的就是当时在学生会工作的李岚清同学（前国务院副总理）。考入复旦大学的第一年，渴望求知的欧阳清每天只顾埋头读书。由于是走读，除了上课之外，他很少有时间待在校园里，与同学们接触较少，所以基本上没有参加学校活动，也不太关心学校的事情。1951年住校以后，经过宿舍调整，欧阳清和李岚清住在了同一个宿舍，欧阳清在上铺，李岚清睡下铺。在和李岚清的朝夕相处中，欧阳清自觉受益匪浅。

欧阳清在校学习非常用功，当时有会计习题课，他每次都是第一个做完，第一个交卷。由于成绩优秀，欧阳清很快就做了人事管理课程的课代表。课代表需要经常跟老师和同学联系，把同学们的意见反映给老师，然后再把老师的要求给同学们传达。到学期末的时候，还要把这门课程的教学情况以及同学的反映写成总结。这些工作欧阳清做得非常细致，总结也写得非常认真，班长看后提出了表扬，直夸写得很好。这时，在学生会担任副会长的李岚清找到欧阳清谈话，一方面肯定了欧阳清的学习成绩，另一方也鼓励和希望欧阳清多多参加集体活动，要关心国家大事，提高思想认识，争取早日加入共青团。当时，欧阳清对李岚清很是钦佩，一方面是因为李岚清的学习成绩非常好，另一方面是因为李岚清多才多艺——他不仅是学生会副会长，经常组织学生活动，参加社会工作，还会篆刻、唱歌，英文、书法也都很好，这些都让只知埋头读书的欧阳清钦佩不已。这次谈话之后，欧阳清便主动参加了一些集体活动。团支部看欧阳清开始追求思想进步，就专门指派一名同学培养他入团。受李岚清的影响，欧阳清开始关心集体，更加积极地参加社会活动，靠近团组织。

1951年秋，当时正值美帝国主义在侵朝战争中对朝鲜和我国发动了细菌战争（当时的宣传是如此讲述的）。在保家卫国的浪潮中，为了改变旧中国的卫生状况和传染病严重流行的现实，全国各地普遍开展了深入的群众性卫生运动，即“1951年爱国卫生运动”。上海复旦大学等各个高校也参与了这次运动。在这种氛围中，复旦大学在全校范围内开展了一次大扫除。欧阳清积极参与，表现突出，不仅和同学一起把校园里的杂草全部除掉，还把宿舍楼也清扫了一遍。当时条件很有限，楼上没有供水设施。为了清扫宿舍，欧阳清就用脸盆一次次地端水到楼上，来来回回几十趟，弄得衣服鞋帽都是水渍。其他同学看了之后非常感动，都说他表现得好。在大学毕业前夕，欧阳清正式加入了中国共产主义青年团。

1952年8月，欧阳清从复旦大学毕业。分配工作时，大家思想都很积极，纷纷要求到祖国最需要的地方去，要到西北、东北、最艰苦的地方去。欧阳清是福建人，他也要求到东北去支持经济建设。不久分配方案公布，他被分配到东北人事部工作。据欧阳清本人回忆："我当时真没有想到自己会被分配到人事部。在新中国成立初期，分配工作还是讲究出身的，我的家庭不属于工人阶级，而且我才刚刚入团，我觉得不合适。我后来转念一想，可能是因为我做过人事管理课程的课代表，所以才到人事部。"但是，欧阳清觉得自己还是更适合做教师工作，可这时毕业分配已经结束了，该怎么办呢？欧阳清想到了李岚清。李岚清当时是参加毕业分配工作的学生代表，可以向毕业分配小组反映。于是，欧阳清便找到李岚清，向他表达了自己想从事教育工作的想法。李岚清斟酌再三，也觉得与人事工作相比，欧阳清的确更适合做教育工作，便赶紧向分配小组反映了情况。调整分配方案涉及很多部门，转眼几天过去，依然没有消息，无奈之下，欧阳清只能坐上了前往沈阳的火车。直到火车快到沈阳的时候，他才得到李岚清的通知——经研究，他被改派到东北教育部报到。欧阳清喜出望外，非常感谢李岚清。到东北教育部报到之后，欧阳清被分配到东北财经学院[1]工作。从此，他就把自己的青春年华，甚至一辈子都献给了教育事业。如果没有李岚清的帮助，很难说他的人生道路究竟会是怎么样的。

1996年，欧阳清在庐山参加会议后与东北财经大学74级本科生、现任中化国际（控股）股份有限公司审计稽核部总经理王卫平等人合影

1　东北财经学院组建于1952年，最初校址在沈阳，后又相继合并了东北商业专门学校、东北合作专门学校。1958年，东北财经学院与沈阳师范学院、沈阳俄语专科学校合并，建辽宁大学。1959年，原东北财经学院的部分专业系（财政系和计统系）调整出来，与辽宁商学院合并，成立辽宁财经学院，搬迁到辽宁省大连市。1985年10月，辽宁财经学院易名为东北财经大学。从1952年开始，欧阳清便一直在这所学校任教（为了前后统一、方便讲述，本书把1985年易名之前的学校各个时期的校名统称为"东北财经学院"）。

1996年5月12日至15日，中国会计学会会计教育改革研讨会第四次会议在庐山召开（前排左二为欧阳清）

大学毕业以后，欧阳清分配到东北财经学院任教，李岚清则在长春汽车厂工作过很长时间，因此两人一直都保持着联系。1996年，欧阳清在庐山参加中国会计学会会计教育改革研讨会，以后又在山东参加全国高等财经院校财会教学改革研讨会，接触了很多会计教育方面的问题，感触颇深。回去之后没多久，他就针对这些问题给当时在中央分管教育的李岚清写了一封信（见本节末），提出要正确处理三个关系：一是专业设置与市场经济需要的关系，二是德育与智育的关系，三是理论和实际的关系。信中充满着他对我国教育事业和会计行业的满腔热情和冷静思考。后来，欧阳清还送给李岚清两本自己的学术著作，李岚清也回赠他了一本《李岚清论教育》。2002年，在复旦大学1952届学生毕业50年周年纪念活动上，欧阳清又与李岚清相聚。一见面，李岚清就握着欧阳清的手，开玩笑地说："你现在都是大教授了啊！"顿时让气氛活跃了起来。自此之后，两人也一直都有联系，李岚清刚刚退休的时候，欧阳清还和几位同学一起去北京看望他，并和李岚清合影留念。

1992年，欧阳清参加全国高等财经院校财会教学改革研讨会第二届年会合影

1996年欧阳清写给李岚清的信

李岚清同学：

您好！

现在您日理万机，工作繁忙，时间宝贵，我就简要向您汇报一下有关个人的教学科研工作和我对当前教育改革中一些问题的看法。您作为我的老同学，又是主管教育的副总理，所以我也没有什么顾虑，知无不言，言无不尽。倘这些意见中有些建议得到重视，将是我最大的荣幸。

光阴似箭，日月如梭，自1992年9月欢聚母校，别后又是四年。

追忆往昔，感慨颇多。想当年在复旦求学，您我同窗，风华正茂，意气风发。睡在我下铺的您，给了我许多帮助，提高了我的思想觉悟，尤其是在毕业前的思想改造中，我确立了为人民服务的宗旨。这对我一生的学习、工作、生活产生了深刻的影响。

您给我的帮助，最大的莫过于毕业分配时，让我选择了自己所喜爱的教育事业。记得在复旦宣布分配方案时，我是分配到东北人民政府人事部。是您在火车快到沈阳时，通知我到东北人民政府教育部报到。这是我一生的转折点。正如著名作家柳青所言：“人生的道路很漫长，但关键处却往往只有几步，尤其是一个人年轻的时候。”的确如此，正是这一正确的选择，决定了我这一生，使我在以后的工作中发挥自己的长处，取得了今天的一些成绩。

到东北财经学院以后，由于学校良好的学风，浓厚的学术气氛，我从中得到了有益的熏陶，积极向上，不久就晋升为讲师，并担任教师团支部书记。此后，我曾担任教研室主任、系副主任等职，早已在1986年晋升为教授。国家规定职工60岁退休，但我校十分重视学术骨干，注意挽留人才。作为校学术带头人、大连市优秀专家，我被学校延退。因此，我现在仍在东北财经大学担任研究生教学工作，并且兼任三友会计研究所的顾问，一直从事学术研究。到现在，我已在东北财经大学工作44年了，也取得了一些成绩和荣誉。

在政治上，我积极向上，坚持为人民教育事业服务。1984年，我光荣地加入了中国共产党。1986、1989年两次被评为大连市优秀共产党员，1991年在党的七十周岁诞辰时，我又获得辽宁省优秀共产党员荣誉称号。在教学工作上，我认真从教，积极探索，提出并坚持“在教书中育人，在育人中教书”的教学指导思想。1984年、1986年我被评为大连市优秀教师，1987年被评为大连市模范教师，1989年、1993年被评为辽宁省优秀教师，1991年被评为全国优秀教育工作者。1986年被评为大连市劳动模范，1987、1989年两次被评为全国财政系统劳动模范，1991年被评为辽宁省劳动模范。此外，我在学术研究上也取得了一些成绩，多次获得国家级、部级、省市级奖励。最近几年，《会计教学改革的新路》(1993年)和《成本目标管理的理论与实践》(1995年)分别获得国家级优秀教学成果二等奖和国家级优秀论文二等奖，《成本会计》等三本教材获全国财政系统优秀教材一等奖或二等奖。

取得以上成绩，主要受益于两个方面：一是早年在复旦大学求学时受到的良好的正规教育和思想改造，还有您和其他学友给我的帮助；二是我校良好的治学环境的影响。我校良好的学风，浓厚的学术气氛，严谨的治学态度，务实的科研作风，积极向上的精神风貌，位居全国高校前列，这让我得益匪浅。同这一群踏实、向上、团结的同事一起工作，是一件愉快的事。我校是我国“文革”期间唯一完整保留下来的高等财经学府，这绝不是偶然，而是有其必然性。因为当时我校教职员工都有一种“我在、学校在”的精神。

新形势下，我校涌现出一大批青年学术骨干，他们认真从教、积极求索，形成了一个高层次的青年科研群体，被新闻界誉为“经济理论界的新生代”。学校有各类研究所（室）19个，科研机构健全，科研成果丰富，在国内外学术界有较大影响，发表论文数量居全国财经院校首位。学校领导班子建设卓有成效，领导班子知识层次高，年富力强，勇于创新，开拓进取，促进改革，力争把我校建设成为适应21世纪经济建设与社会发展需要的国内一流、国际先进的财经大学。毫无疑问，学校的发展前途是令人鼓舞的。学校的发展，在很大程度上给我们的教学科研工作带来了方便和帮助，使我们的教学科研工作更上一层楼。

今年5月，我参加了庐山会计教育改革研讨会，感想颇多。回校后，经过深思熟虑，我对一些教育改革问题有了更深刻的认识，现简要阐述如下：

一、如何正确处理专业设置与社会主义市场经济需要的问题

市场经济体制需要的是复合型的专门管理人才，高等财经院校的人才培养当然应符合这一需要。因此，专业设置不能过细，否则容易造成学生知识面狭窄，适应面狭小，不能满足市场经济的要求，并且产生择业困难。可见，不应当按照行政业务部门或业务系统设置专业，而应由市场需要来决定。比如会计专业设置就存在过细的问题。目前会计系下设的专业就有工业会计专业、税务会计专业、审计专业、注册会计师专业、国际会计专业和会计电算化等。现在很多院校纷纷设置注册会计师专业。其实，注册会计师只是一种社会职业。在短时期我国注册会计师极缺的情况下，或许可以设置该专业，但从长远发展看，则没有必要设置。在市场经济体制下，我认为不必过细划分专业，只需要设置大类即可。

二、如何正确处理德育与智育关系的问题

这是一个一直没有得到很好解决的老问题。在新形势下，由于受市场经济的冲击与影响，部分学生甚至老师的价值观、人生观趋向产生了偏差，解决好这一问题就显得更有必要和迫切。

最近几年，我国的教育改革注重智育，忽视德育。如教改偏重课程设计、课程内容改革，很少注意培养学生树立正确的价值观、世界观和为人民服务的思想。目前来看，思想政治教育未跟上适应形势需要。

专业课教师方面，没有树立教书与育人一体的观念。教师是人类灵魂的工程师，其职责不仅在于教书，还在于育人，育人是教师的神圣职责。可以说，教书与育人是“鱼水关系”。因此，教师应把教书与育人融合为一体，在教书中育人，在育人中教书。但是，有些教师不但没有这样

做，反而在课堂上宣扬一些不正确的人生观，对学生危害甚大。有些教师甚至连教书也没搞好，一心想下海或在校外兼职。未搞好教书，又何以育人呢？从思想政治教育的角度看，他们是学生思想工作的主要力量，应深入到实际，到学生中去，发现问题、解决问题。但现在思想教育工作者实行八小时坐班工作制，同学上课，他上班，同学下课，他也下班，师生之间联系不够密切，从而也就无法切实进行思想教育。这些问题与教师工资偏低，德育问题未受到应有重视，思想教育内容落后，方法老化等问题有关。因此，为了有效开展思想政治教育工作，我建议：①逐步提高教师待遇，使教师安心教学，遏止师资力量的流失，在教师中开展思想政治教育，提高教师思想素质，充分发挥教师在教书中的育人作用；②从战略高度上认识学生思想教育工作的重要性，设置新课程，组织编写新教材，更新教材内容，加强职业道德教育；③各高校应建立思想政治教育中心，组织协调下属单位的思想政治教育工作，开展经验交流等活动。思想政治教育工作者应改革目前八小时坐班制，深入实际，到学生中去，结合实际情况，做好思想教育工作。

三、如何正确处理理论与实际关系的问题

当前，有些学校无视我国实际情况，教学改革中的学科设置，教学内容等全盘西化倾向严重。学习西方是非常必要的，从企业科学管理看，西方有些较好的经验、课程设置等也有值得我们学习的地方，但也存在一些问题。

（1）学习西方不应该全盘照搬，应考虑我国国情。有些学校的青年教师去国外学习后归来，编的教材主要由西方教材编译而来，这些教师往往只懂西方，而对我国传统管理的正、反两方面经验和教训一无所知，开口闭口都是西方这一套。

（2）一些理论工作者忽视到实践中去调查研究，这是值得深思的问题。产生这些现象的原因，一是思想认识问题，完全否定我国企业管理的一些经验与方法；二是感到在实践中调查研究费时费力，机会成本太高，不如看看外国文章和资料，在短暂时间内即可撰写出文章。我认为现在是强调理论联系实际的重要时刻，理论工作者应该到生产第一线调查研究，从中吸收营养，并把自己的理论研究成果转化为生产力，帮助企业改善经营管理，提高经济效益。从我的切身体会来讲，由于我校重视和提倡理论联系实际，所以我经常下厂调查研究，既帮助企业进行财会工作改革，改善经营管理，又使自己从实践中吸收了营养。这也是自己工作取得一些成绩的原因。

（3）怎样对待我国传统管理方法与经验。从会计学角度来讲，由于从计划经济体制转变为市场经济体制，的确在某些方面尤其是宏观经济管理方面，一些传统管理方法与经验已不适用。但是我们多年来形成的一些成功的微观管理方法与经验，对强化企业经营管理，提高企业经济效益还是适用的。例如厂内经济核算，成本、资金指标归口分级管理，特别是班组经济核算都是一些行之有效的成功经验。这一方面已经得到专家的肯定。过去您就曾经著述了《厂内经济核算》一书。美国犹他州大学C·R·斯库森等三位学者到鞍钢考察了班组经济核算后，给予了很高的评价，并在1985年5月第二次泛太平洋企业经营、经济与技术交流会议上，提交了《责任会计在中国——鞍山钢铁公司的实验》一文，系统地介绍了鞍钢创立和推广班组经济核算的经验。这说明了班组经济核算这一具有中国特色的责任核算方法，已经受到国际社会的注意。外国学者称之为“中国式责任会计”或“群众路线会计”，说它是一种新的管理原则。这篇文章认为：“用这种方法核算班组工作成果，使得许多传统的责任会计或成本会计有关的问题得到解决”，并认为“会计核算工作特别是成本会计中固有的一些问题，就是不能够使一个普通生产工人了解他自己，或是他所在班组的工作究竟为整个企业创造了多少利润”，“这种在编制生产成果成本报告上的困难，使全世界企业感到困扰。中国却已经找到了，至少是部分地解决这个问题，是切实可行的方法。”但是这种得到国外很高评价的班组经济核算方法，目前在一些企业中却没有得巩固、完善和发展，一些人认为太简单，方法老化，不是现代化管理，更不值得在大学课堂上介绍。其实，四十多年来，我国实际工作者结合实际，创造的行之有效的管理方法与经验，又何止班组经济核算一例呢？

工作四十多年来，我为党和人民做了一些工作，党和人民给了我很高的荣誉。我荣获大连市委、市政府授予的优秀专家称号（大连市社科类仅两名）和全国五一劳动奖章，并获国务院特殊津贴，去年我又搬进了大连市科学家公寓。盛名之下，其实难副，我一定牢记您在毕业四十年之际所作七律一首中的“吾辈老骥虽伏枥，犹须引驹驰千里”，为人民教育事业贡献自己的智慧与力量。谨祝工作顺利，万事如意，阖家欢乐！

欧阳清　谨上

1996年9月5日

第四章　执教东财：岁月蹉跎，不忘初心

1952年8月，欧阳清正式到东北财经学院报到。校方考虑他是工商管理专业毕业，就分配他教授企业财务管理课程。但欧阳清对财务管理不感兴趣，反而对教授会计学特别感兴趣，就向校方表达了自己的意愿。当时，学校也分配有从复旦大学会计系毕业的学生，刚好她不愿意教授会计学，于是两人就对调了一下，她教授财务管理，欧阳清教授会计。从此，欧阳清便与会计专业结下了不解之缘。

到东财报到后，除了教学以外，欧阳清在政治上非常要求上进，一直严格要求自己，希望自己能够成为一名优秀的教师，能够早日加入中国共产党。而要想成为一名优秀的教师，就必须努力钻研业务，欧阳清发现向老教授学习就是很好的途径之一。当时，国内的镇压反革命运动刚刚结束，思想还不够统一。东北财经学院有些教师是留美归来的，有些人对这些归国人士并不是非常放心，于是就给欧阳清分派了一项任务，要求他注意这些教授，看着这些教授有什么问题，并定期汇报。欧阳清认为，这些教授能放弃国外优越的环境回国为教育事业贡献自己的力量，已经很了不起，能有什么问题？因此，他从来没有反映过老教授的不好。相反，欧阳清对当时的有些年轻教师非常看不惯，认为这些人不专心钻研业务，反而投机钻营。欧阳清从不主动靠近他们，反而与一些归国的老教授走得很近，还经常去他们家里拜访和求教。这些老教授对欧阳清这个要求上进的年轻人也很喜欢，经常表扬欧阳清科研能力很强，很重视培养这个年轻人。当时会计教研室主任就是一名留美教授，他经常说：“你别小看青年教师，有的青年教师比如说欧阳清，他的科研能力很强，能搞研究，能写科研论文。”在不断的努力和钻研下，1954年，刚刚执教两年的欧阳清就被学校评为“优秀青年教师”。

1955年，全国开展了一场声势浩大的肃清内部反革命分子的运动，

到1956年进入高潮。当时，欧阳清正在帮助别人翻译一本名叫《工业企业工作的经济分析》的俄文书。负责翻译这本书的人在俄文编译室工作，他只懂俄文，不懂业务，也不懂分析，翻译起来很困难，于是两个人就合作，他的翻译必须由欧阳清来梳理和更正。出版社一直在催稿，所以欧阳清加紧帮助翻译，就没有参加肃反活动的会议。此时是1956年2月，正是“肃反”运动的高潮，系领导个别人就抓住了欧阳清的这点“错误”来说事，便在“肃反”运动总结大会上公开点名批评欧阳清，说：“在‘肃反’运动这样严肃的阶级斗争面前，有些团员参加活动不积极，还公然闭门著书，走‘白专路线’[1]。我看这样的团员就值得研究。”稍后，团支部马上开会，研究欧阳清的问题，当时就有人表态说，平常就有资产阶级的老教授表扬他，这中间肯定有问题。此外，还有人“翻旧账”，说欧阳清的叔叔在台湾担任要职，是敌对分子，在欧阳清身上已经闻不出一点团员的味道。最后团支部做出决定：开除欧阳清同志的团籍。对这样的决定，欧阳清心里很不服气，心想：“我过去还担任教师团支部书记，1954年就被评为‘优秀青年教师’，怎么说开除就开除呢？”就上诉到校团委。团委负责人也表示不解，说这样的教学骨干怎么就开除了？但是下面的团支部做出的决定不能轻易更改，反复协商后，采取中庸之道，把对欧阳清的处分更改为留团查看。

1957年4月27日，中共中央公布《关于整风运动的指示》，同日，《人民日报》也发表了《这是为什么？》的社论。从此，全国开始了大规模的反击右派的斗争。但是，由于对1957年春夏的国内阶级斗争形势估计得过于严重又采取了大鸣、大放、大字报、大辩论的形式，在全国开展了一场群众性的政治运动，致使反右运动被严重扩大化了。这在包括东北财经学院在内的很多高校同样有所体现。

1960年3月，毛泽东在中共中央批转《鞍山市委关于工业战线上的技术革新和技术革命运动开展情况的报告》的批示中，提出了管理社会主义企业的原则，其内容是：坚持政治挂帅，加强党的领导，大搞群众运动，实行两参一改三结合，开展技术革新和技术革命。这五条原则，是对我国的社会主义企业的管理工作做了科学的总结，统称谓“鞍钢宪法”。文革中，大连市革委会成立了写作小组，组织一些人下厂调查。宣传“鞍钢宪法”，落实五项原则。欧阳清作为东北财经学院经常下厂调查的老师，

1　“白专”，意思是只知道埋头钻研业务，不重视政治。跟既注重政治、又肯钻研业务，做好本职工作的“又红又专”相对应。

也选入革委会写作小组。

1964年2月，毛泽东在人民大会堂的春节座谈会上发出号召："要鼓起劲来，所以，要学解放军、学大庆。要学习解放军、学习石油部大庆油田的经验，学习城市、乡村、工厂、学校、机关的好典型。"从此，"工业学大庆"的口号在全国传播。革委会写作小组也组织一些包括欧阳清在内的成员去大连染料厂等企业进行调查研究，然后写成大连染料厂群众理财的报告上报有关部门。另外，按五条原则写成五篇文章分别在《辽宁日报》上发表，之后汇编成《鞍钢宪法》一书出版。《人民日报》记者到大连采访时听说了这件事，便将大连染料厂群众理财的素材写成文章发表在《人民日报》，大连市染料厂的相关经验也得以在全国传播。于是，财政部便在大连召开了群众理财现场会。

仅仅过了一些时间，欧阳清就有些做不下去了——他是一位老师，一心只想教授学生，总觉得这样下去有些不务正业。等到1967年10月，中共中央、国务院、中央军委、"中央文革"小组联合发出了《关于大、中、小学校复课闹革命的通知》，次月，全国大部分因"文化大革命"的爆发而陷于停顿状态中小学校就重新恢复了招生和上课。虽然大部分高校仍没有恢复正常的教学秩序，但毕竟有了复课的希望。于是，欧阳清从写作小组退出，返回学校继续教学工作。

这一时期，我国的财经院校纷纷下马，不少老教授被打成"牛鬼蛇神"，没有丝毫发言权。东北财经学院的教师基本上都是解放后毕业的，"所以历史没有问题，文化大革命中也没有受到大冲击"，这才得以保存了一大批优秀的教师资源。欧阳清和学校其他老师一起在关于东北财经学院要不要继续办学的大辩论中据理力争，坚持东北财经学院不能下马，学院由此逐渐复课。回到自己熟悉的讲台，欧阳清格外兴奋，教起课来也格外有动力。根据当时教改要求，课堂上教授"鞍钢宪法"和"工业学大庆"。欧阳清为了学生能够学到更多的专业知识，便一面教授"鞍钢宪法"，一面尽可能多地给学生讲授会计知识。为适应客观形势要求，将所有会计专业课程缩减为四个分册（会计基础、工业会计核算、成本核算、资金管理）。当时各地的工厂财会工作因老会计下放而无法正常运转，欧阳清又和其他老师一起办学习班，给刚毕业的学生和抽调上来的工人辅导会计课。由于欧阳清和其他老师的坚持，为国家和地方培养了一大批财会人员，各地纷纷向省里反映东北财经学院对他们帮助很大。最后辽宁省委决定东北财经学院不仅不能下马，而且要继续办好。就这样，在欧阳清和许多青年教师的坚持和努力下，东北财经学院成为“文化大革命”时期仅存的一所一直持续办学的财经院校。

东北财经大学74级本科生、78级硕士生，教授、博导、原东财会计学院院长刘永泽

1972年欧阳清的胃部动了手术后，反而使他原本脆弱的身体变得强健了起来，不仅胃病得到了痊愈，身体的其他症状也不见了踪迹，精力更是好得吓人。据东北财经学院74级会计学专业学生刘永泽[1]回忆：“我是以工农兵学员的身份考入东财会计学专业的，欧阳老师正好担任我们的专业课老师和辅导员。有一次，为了让我学到更多的知识，欧阳老师就带着我校对一本工业会计教材的书稿。连续十多天，天天都校对到深夜，当时的物质条件很差，一直这么连轴转，很快我就扛不住了。那时我才二十多岁，欧阳老师近五十岁，之前还做过手术，却一点事儿也没有，仍然每天认真校对稿子。而且校对质量非常高，后来那本书出版之后，几乎没有出现过一个错误。很多次我半夜一觉醒来，发现他还在校对书稿。每天只休息很短时间，第二天也看不出丝毫疲惫。校稿工作的最后一天，晚上十一点多还赶去火车站，乘夜车回学校，因为早上第一堂有课。现在想想，欧阳老师的精力真是好得惊人。”直到年近九旬，欧阳清的身体一直都非常健康，这令身边的不少同龄人羡慕不已。

转眼到了1976年，“四人帮”被粉碎，持续了十年的“文化大革命”宣告结束；1977年，由于文化大革命的冲击而中断了十年的中国高考制度得以恢复，中国由此重新迎来了尊重知识、尊重人才的春天；1978年3月，中共中央召开了全国科学大会，着重强调了科学技术是生产力这一论断。

1　刘永泽，河北滦南人，1974年9月考入东北财经学院会计学专业，师从欧阳清教授。1987年毕业后留校任教至今。现任东北财经大学会计学院院长、博士生导师，兼任国务院学位委员会第六届学科评议组成员、中国会计学会理事等职。

从此，像欧阳清一样的专家、学者和知识分子们迎来了发展的春天，得到了国家和社会赋予的一系列荣誉。

1984年，欧阳清加入中国共产党；首次被评为“大连市优秀教师”。

1986年，欧阳清升为教授；被评为“大连市劳动模范”“大连市优秀共产党员”；第二次被评为“大连市优秀教师”。

1987年，欧阳清被评为“大连市模范教师”“全国财政系统劳动模范”。

1989年，欧阳清第二次被评为“大连市优秀共产党员”“辽宁省优秀教师”；第二次被评为“全国财政系统劳动模范”。

……

第五章　教学生涯：以智育人，以德树人

从1952年到东北财经学院执教，到2004年退休后和爱人邵爱琴一起回到上海定居，欧阳清在东北待了超过半个世纪的时间，也在东北财经学院（1985年易名为东北财经大学）留下了一段长达52年的可歌可泣的教学佳话。

一、教学工作

“身教重于言教，以身作则”是欧阳清在教学方面给自己立下的座右铭。他始终认为，“为人师表是一名教师必备的品质，也是教书育人的重要条件。教师只有严于律己，才能严格要求学生，才能使学生信服。教师对自己不严格，对自己要求不高，也很难保证他能够教出优秀的学生。”

在半个多世纪的教学生涯中，欧阳清积累了丰富的教学经验，主要体现在五个方面：一是认真备课；二是深入实践；三是注重科研；四是向同行学习；五是改变考试方式。

1. 认真备课

认真备课是教师必备的素质，在这一点上，欧阳清可谓广大教师的楷模。在52年的教学生涯中，欧阳清一直勤勤恳恳，一丝不苟。很多课程已经讲了数十遍，许多教材也都是自己编写的，内容都能背诵，但每次上课前，欧阳清仍然坚持精心备课，从不马虎，也从未发生过教案“以旧替新”的情况。对此，许多人不理解，欧阳清则笑着说：“确实，我不备课也能上讲台，但我必须对学生负责。多补充一点新的教学内容，学生就能学得多一些、新一些、深一些。否则，在课堂上讲不好，教师在学生中就没有威信，又怎么去教书育人呢？又怎么去做学生的思想工作呢？”

为了教好书，备好课，欧阳清几十年如一日，从不间断对国内、国外最新学术动态的学习和研究，也从不间断提高自己的专业知识和教学水平。有时，为了能给学生讲授新课题，他不惜查阅数十万字的文献资料；有时，为了给研究生上好一堂课，他要在北京图书馆待上十几天的时间，查阅各个方面的资料、书籍。“讲一分，要懂十分”逐渐成为他授课的前提。他的助教深有感触地说：“尽管我已听欧阳老师的课很多遍，但我仍然每遍课都来听，因为他不断完善、更新教学内容，每讲一课内容都不落俗套，有新意，很受学生欢迎。”

2. 深入实践

早在复旦大学读书的时候，欧阳清就曾多次听闻何士芳教授在课堂上反复强调“理论联系实际”，到东北财经学院任教后，他把这种思想带到了自己的教学中。针对一些教师照本宣科的教学行为，欧阳清认为，“教师讲课不能只停留在书面教材上，那样讲不深，因为你不知道实际情况究竟是怎么样的。特别是现在有些从国外留学回来的人，在国外学习了很多所谓的先进的东西，回到国内也没有深入调查研究，就只讲国外的那些知识，那是没有达到要求的。应该结合中国国情，知道在实际中究竟应当怎么样干才好。”

应东北财经大学96级硕士生、现南京大学杨雄胜教授（右二）邀请，欧阳清夫妇赴南京、扬州、泰州考察留影

多年来，欧阳清严谨治学，始终坚持理论与实践相结合。他每年有

一个月专门用于深入社会调查研究，尽可能利用节假日或到外地开会、探亲等时机考察，建立联系点，并在当地的一些工厂建立实践基地。据欧阳清本人回忆："当时，很多会议的行程都安排有旅游，我一般都不去，而是利用这个时间，自己去调查研究。我到南京大学做学术报告，一般也都是学术报告完了以后就匆匆忙忙赶回来继续回学校做研究。为此，在我退休以后，南京大学还专门给我安排到南京、扬州、泰州考察访问，作为当时没有时间游览的弥补。"

欧阳清在调研时，一般会先了解工厂的具体情况，有什么优点，存在什么问题，然后根据工厂提出来的具体问题提供一些解决方案。除此之外，欧阳清还把调研的实际情况充实到课堂上，不仅使教学内容更加生动，也更加贴近实际。

20世纪80年代，国内城乡经济体制改革逐渐展开，欧阳清又联系国内经济体制改革的实际，深入企业进行调查研究，收集了大量原始资料，经过深入、细致的分析研究，从中选出一些有价值的课题，不仅充实和深化了自己的教学内容，还有力地促进了自己的科学研究。由于始终坚持理论与实践相结合，注重调查研究，因此，欧阳清的科研成果很快就在社会经济改革中产生巨大影响，他提出的"目标成本管理"理论在很多企业得到应用，收到了显著的经济效益，而一些经过实践检验的科研成果也反过来有力地促进了欧阳清教学工作的发展。

3. 注重科研

欧阳清觉得，"科研是提高教学质量的重要环节，把科研成果充实到教材里面来，明白究竟应该怎么搞科研是我们教师以及所有科研工作者最重要的任务。"因此，他在教学过程中一直特别注重会计学科的科学研究，并取得了一系列成果。相关内容后有介绍，这里不再赘述。

4. 向同行学习

欧阳清毕业于复旦大学，自1952年开始任教后又一直兢兢业业，严谨治学、注重科研，因此很快就在教学和社会上产生了一定的影响，可谓是"身负盛名"。但他仍然始终重视向同行学习，引进国内外先进理论和方法来改进教学。讲授"经济活动分析"课时，有个常用术语叫"有比较，才有鉴别"，他发现搞教学也是同样的道理，也必须搞好对比分析研究。欧阳清把这种对比分为三个方面，即和别的老师进行治学态度的对比、教学内容的对比和教学效果的对比，通过不断地对比，来学习同行的优点，取人之长，补己之短。特别是有些教师讲课的效果非常好，欧阳清就虚心学习，甚至当面请教，使自己的教学工作精益求精，不断进步。

在学习的同行中，给欧阳清印象最深的是厦门大学的余绪缨教授[1]。余绪缨是厦门大学会计学科学术带头人，“文化大革命”时期，全国财经类院校几乎全部下马，唯独东北财经学院一直在坚持办学。于是，余绪缨便带着几个年轻教师到东北财经学院来访问，正好由欧阳清负责接待，一来二去，两人便相识了。

余绪缨是一位治学和科研都非常严谨的人，他的“学问做得很深，面很广”，而且“不是单纯说国外是怎么样，而是联系实际和自己的学习心得，来说研究结果究竟应该怎么样”。这种“理论联系实践”的治学、研究思想与欧阳清不谋而合，也给他留下了极深的印象，欧阳清不由感叹：余教授真不愧是全国管理会计学的泰斗啊。

除了治学和科研严谨，余绪缨也是一个非常正派、非常坚持原则的人。欧阳清觉得，“他有一是一，有二是二，不唯上，更不阿谀奉承，往往看着不对他就当场提出不同意见。不管对方是谁，非常不留情面。这也是我们正确做学问的态度。”

余绪缨还是一位对晚辈非常谦虚，也非常提携后辈的人。欧阳清在年龄上比余绪缨小八岁，在工作上更是比余绪缨晚执教很多年——算得上是余绪缨的晚辈，因而得到过他的多方提携和帮助。余绪缨到东北财经学院访问的时候，欧阳清把自己写的科研论文拿给他看，余绪缨不仅给予了很高的评价，还与他进行了深入的探讨。这对欧阳清科研论文的完善起了很大作用。两人相识之后，欧阳清每年春节收到的第一张贺卡几乎全是余绪缨的。余绪缨还经常把自己写的新书第一时间寄给欧阳清，这对欧阳清的教学和研究都有很大帮助。他撰写的《经济活动分析自学考试大纲》中指定的两本参考书，就是他本人和欧阳清撰写的。后来，欧阳清到厦门大学回访，余绪缨知道后，亲自骑着自行车来接他。晚上，余绪缨、葛家澍和另外一位老教授为欧阳清一行人接风洗尘，之后又带领欧阳清参观了厦门大学校园，并组织了座谈会，让欧阳清有一种宾至如归的感觉。欧阳清有一名学生名叫张明明，学习非常优秀，也非常热衷于会计教学和科研。毕业留校任教一段时间后，张明明虽然已经被评为教授，但是还是想攻读余绪缨的博士研究生。于是，欧阳清就把她

1 余绪缨 (1922-2007)，我国著名经济学家、会计学家，中国现代管理会计学科奠基人，厦门大学教授，会计学科学术带头人、博士生导师，中国会计学会顾问，国际权威刊物《会计国际学刊》编辑政策部成员，原民盟中央委员、民盟福建省常委、民盟厦门市主委，厦门市政协副主席。

推荐给了余绪缨。余绪缨一看是欧阳清介绍的学生，再加上之前对张明明有一些了解，二话不说就收她做了自己的博士研究生。张明明后来能取得很好的成绩，与余绪缨的提携是密不可分的。

5. 改革考试方式

欧阳清一生教出了许许多多优秀的学生，除了与他严谨的治学态度、注重“理论联系实践”的教学思想有关之外，还与他与众不同的教学考试方式有关。

在以往的教学过程中，考试一般都会安排在每一个学期期中或者期末来进行。但根据一番调查和研究之后，欧阳清发现，这种方式虽然能够在一定程度上检验学生在前一段时间的学习情况，但也给了很多学生在考试前用突击学习的方法来应付考试的机会，不仅不利于学生未来成才，还非常容易让他们在日常的学习过程中滋生懈怠心理。“大学是学生领会和掌握知识、充实和武装头脑的最佳时期，国家培养一个大学生非常不容易，而社会又亟需德才兼备的栋梁之材。看到有些大学生沉溺于享受安逸、挥霍青春，我实在是感到惋惜和痛惜。”欧阳清感叹道。

经过一番试验之后，欧阳清对自己教授的几门课程的考试方式进行了改革，创造性地提出了“堂堂提问、分段考试，两者按权数计总分”的方式。也就是说，在原有的期中、期末考试的基础上增加了很多阶段性考试，还增加了大量的课堂提问环节。此外，欧阳清出的课堂提问试题和考试试题也大多是一些具有对比性、综合性和启发性的试题，这令很多以上课记笔记、下课对笔记、考试背笔记的方法学习的学生都难以适应。第一次阶段考试，全班成绩优秀的学生很少，不少学生不及格，这令学生们都很紧张，一度认为欧阳清的要求过于苛刻。不过，经过几次考试之后，很多学生突然发现自己掌握的知识增长了很多，这才幡然醒悟：原来，欧阳老师这样做都是为了我们好！

这一时期，欧阳清除了在课堂和考试中严格要求学生之外，在生活上也是非常关心学生的。他和爱人邵爱琴经常邀请学生到家里做客，每一次都热情接待。据东北财经学院1974级会计专业学生、现任东北财经大学会计学院院长刘永泽回忆说：“当时，记得最清的就是师母（邵爱琴）做的糖醋排骨特别好吃，所以我们隔三岔五就跑到欧阳老师家去玩，而且一般早上都不吃饭，要赶到中午一起吃。师母知道我们爱吃，每次知道我们要去都会提前准备一大锅，保证我们都能吃饱。”从这件事不难看出，欧阳清和学生的关系是非常密切的。而随着时间的推移，学生们逐渐熟悉和习惯他的教学方法和考试方式，更找了自己的学习方法，学生成绩自然而然地也就提高了上去。

参加会计系89级硕士论文答辩会的欧阳清（左一）

对于欧阳清改革考试方式这件事，东北财经学院1978级会计专业学生张明明在她的著作《难忘的工会78级——记1978—1982岁月的点点滴滴》中也详细讲述了一番。她这样写道："大学四年成绩中，我的《经济活动分析》课分数最低，在全班却不算最差。欧阳清教授的这门课公认是很难学，而且也是很难过关的。他学风严谨，对学生要求极为严格。现在我还记得欧阳清老师上课时风度翩翩，和蔼可亲。有一年，课程学期期间刚好碰到国庆节放假，假期只有三天，我三岁的女儿跟着先生从沈阳到大连来看我。因为四号就要阶段考试，为了让我有复习时间，他们十月二号就提前走了。为了不使女儿缠我，我躲了起来，看到她拉着爸爸的手，傻乎乎地走到车站时，我的眼泪刷刷地流下来。

回到学校后我逐渐抚平心情，认真复习功课。这门课考了几次，最后加权平均计算成绩，由于大家对复杂的财务指标之间的关系一下子难以消化，加之需要有点数学功力，所以同学们的成绩大多数在六十分左右。因为这件事情，大家对于欧阳清教授都有点惧怕，但从内心又都非常敬重他。更让我们感动的是，他对学生真挚的关爱和尽心尽力的栽培，我们的同班同学张先治，现在是东财二级教授，被教育部评为教学名师；还有毛岩亮，曾任大连市保税区主任；还有陈友邦、陈福义，现在也是大学教授。另外，他还慧眼识人，培养和选拔了一批会计界英才，像杨雄胜，是南京大学的教授；刘明辉、周首华，是会计协会秘书长。2003年，我申报攻读厦门大学余绪缨教授的在职博士。他招收博士的标准非常严格，为了让他了解我的真实学术水平，欧阳老师向他做了郑重推荐。出于对欧阳老师学术地位和人品的认可与敬重，经过专家的评审，2004年我得以顺利入学。为了不辜负老师的栽培，我格外珍视这个机会……”

2002年，欧阳清最后一次给本科生讲课后留影

二、会计实验教学[1]

1. 会计实验教学的缘起

20世纪80年代，欧阳清协调安排自己的学生到爱人邵爱琴所在的大连轧钢厂实习。一天，爱人突然给欧阳清打电话，向他反映：你的学生太不像话了，我们的收款地是北京，他写成了南京，结果款收不到。事实上，类似于这样的情况在很多企业都有发生。当时，临近毕业的财会学生实习的通常做法是“一听、二看、三写”，即先请一些业务部门同志讲一讲课，然后跟着企业的会计到生产单位看具体怎么操作，最后就是写实习报告。这中间缺乏一个实际操作的过程。之所以没有实际操作过程，

1　部分内容援引：欧阳清，陈国辉，杨立颖．实行会计实验教学，完善会计教学改革[J]. 财经问题研究，1993，(2)：55-57.

就是因为接收单位害怕实习生会出现类似的错误，影响正常工作。久而久之，就形成了恶性循环。如今，自己的学生也出现了这样的情况，这不由得引起了欧阳清的深思，也萌发了他创立会计实验室的想法。

建立实验室在自然科学的理论研究和教学中是司空见惯的，并被证明对提高理论研究水平和教学水平，培养学生分析问题能力、解决问题能力有着重大意义，是理论联系实际的重要途径。而在社会科学的理论研究和教学中，尤其在会计学科的理论研究和和教学中却很少见到。人们通常认为，类似于会计学之类的社会学科只要认真听老师上课、多看看书就可以了。事实上，会计学科是一门实践性很强的应用型经济学科，在会计教学中，不仅要向学生传授会计理论和会计方法，还要培养学生应用会计理论和方法，解决会计实践中问题的能力。如果只局限于学习书本知识，不能理论联系实际，不能真正参与到工厂企业的会计活动中去，那么学生毕业后肯定适应不了社会。于是，欧阳清就牵头建起了会计实验室，探索起了会计实验教学。

2. 会计实验教学的做法

提高学生会计实践能力的途径有许多种，比如学生下厂实习；请有实践经验的会计师讲授企业的具体做法等。这些做法对于加强会计的理论联系实际都起到了一定的作用，但或多或少的存在一些问题，比如：①实习内容多，实习时间有限，不能及时消化书本所学的知识；②不能真正解决学生实际操作能力差的问题；③学生实习点多面广，不便于教师管理。针对这些问题，欧阳清便和其他老师搞起了会计实验室，既解决了学生下厂实习存在的问题，又解决了理论联系实际的问题。那么，搞好会计实验教学具体应该怎么做呢？

(1)建立会计实验室。建立会计实验室，就是建成一个比较完整、规范的企业模拟财会部门，把企业会计工作实际情况搬进实验室，使学生进入会计工作现场，参加实际操作，为他们应用课堂所学的理论知识提供操作场所。同时，在实验室配备一个有实践经验的专职实验课指导教师，通过教师下厂、教师与企业财会人员合作、学生实习这样三种方式开发案例。欧阳清及其同事开发的案例涉及化工、冶金、机械、纺织等各个行业。此外，欧阳清还结合各企业财务部门的实际情况，设计印刷了各种原始凭证、记账凭证、明细分类账、总分类账以及会计报表的空白表格，供学生实际操作使用，并设置了不同的会计岗位，不仅使学生通过会计案例和实验教学，熟悉了更多岗位的会计工作，还加深了学生对所学知识的理解。

（2）编写模拟实验教材。在会计教学中，由于会计教科书理论性较强，而会计实验教学偏重实际操作，因此一直存在着脱节现象。为了解决这个问题，欧阳清便和其他老师一起成立了"会计系列模拟实验教材编写委员会"，编写了一批教材，如《会计原理模拟实验》《工业会计模拟实验》《商业会计模拟实验》《物资会计模拟实验》《外商投资企业会计模拟实验》等，这些教材涉及各行各业，一共15本，并且都由大连出版社出版。这批教材对于加强在校生会计基本技能训练，丰富会计实验教学，提高会计系学生业务素质，起到了极其重要的作用。通过实验室和这批教材，学生不用到工厂就可以完成各个行业、各个阶段的会计实习，极大地提高了学生的动手能力。

（3）搞好会计实验教学。利用会计实验室的典型案例和会计实验教材，欧阳清在东北财经学院开设了"会计原理"和"工业会计"实验教学课，由实验室教师根据"会计原理"课教学进度，依据《会计原理模拟实验》，组织学生进行分项操作，并让学生在实验室观摩、学习有关会计核算案例；然后，引导学生进行实际操作，锻炼和提高动手能力；最后，辅导学生写出实验报告，及时对实际操作过程进行总结，使感性认识进一步上升为理性认识，实现从理论到实践、再从实践到理论的循环。

3. 会计实验教学的效果

经过几年的实践，欧阳清主导的会计实验教学取得了可喜的教学效果和社会效益，主要表现在以下几个方面：

（1）增强了学生的实际工作能力，缩短了会计教学与会计实践的距离。通过会计实验室的学习，学生毕业后都能很快适应各个会计岗位的要求，受到了广大企事业单位的欢迎。当时，有一名学生在会计师事务所实习，验资、查账等工作都做得很出色，令事务所的工作人员赞叹不已；有两位先后分配到中美合资辉瑞制药有限公司的学生，不仅能很快适应新的工作岗位要求，而且做得非常出色。欧阳清到公司访问时，美方财务经理对这两位学生给予了很高的评价，并且对欧阳清培养出如此出色学生而深感钦佩。

（2）充实完善了会计教学内容，提高了教学质量。会计实验教学是改变了传统会计教学只注重书本知识教育而忽视学生动手能力培养的弊病，完善了会计教学环节或体系，充实了教学内容，有利于启发式教学，使学生分析问题、解决问题的能力有较大提高。

（3）提高了青年教师的业务能力，培养了理论联系实际的学风。在会计模拟案例的搜集、整理、制作中，许多青年教师深入实践进行调查研究，解决了许多以前在教学中没碰到或不能解决的问题，业务素质、政治素质得到明显提高。在这个过程中，他们增强了对理论联系实际的认识，并与实践部门建立紧密了联系，培养了良好的学风。

（4）解决了学生下厂实习中的联系难、经费紧、管理难的问题。通过会计实验室模拟实习，学生可以人人参与，亲自动手操作，实践性强，虽然经济业务是假设的，但由于记账所依据的是真实原始凭证，用的是真实记账凭证和账页，在实验室老师的直接指导下，同工厂会计人员指导下的实际操作没什么本质差别，既达到了下厂实习的目的，又克服了学生下厂实习的联系难、经费紧、管理难的问题。

（5）提高了会计教学的社会效益。通过会计实验室模拟实习，一方面学生毕业后能较快地胜任本职工作，减少不必要的适应工作时间，尽快为社会创造财富；另一方面也为其他财经院校会计实验室建设提供经验，减少它们的实验室建设成本。

4.会计实验教学的推广

事实上，早在1955年，欧阳清等人就在东北财经学院开始组建会计实验室，只是后来由于“文化大革命”的爆发而夭折了。1987年3月，由于国内政治、经济环境的巨大改善和教师教学、学生实习的客观需要，欧阳清不仅和几位老师一起重建了会计实验室，还在全国许多高校进行了推广。

东北财经大学是全国第一所组建会计实验室的高校，并很快取得了教学效果和社会效益，一时前来考察和交流的全国同行，如天津财经学院（现为天津财经大学）、中央财政金融学院、上海财经大学等络绎不绝。因为做案例既费时又费力，有些高校为了尽快组建自己的会计实验室就复制了东北财经大学的案例。对此，有的同事提出异议，认为这些案例是我们的科研成果，应该保密。欧阳清则表示说：“这有什么值得保密的，他们复制我们的案例，对他们搞模拟实验教学会方便许多，这对培养学生有好处。而且会计模拟实验推广了，也能支持大家的会计教学改革。”

20世纪80年代末90年代初，我国还处在一个信息手段并不发达的时代，欧阳清就带领同事、学生依靠举办研究班、学习班、做学术报告的形式，借助在各类机构担任副会长、常务理事的机会，在全国各地做宣传和推广。很快“会计模拟实验教学”就相继在全国许多财经院校开展，为全国会计教学改革打下了坚实的基础。“会计模拟实验教学”在取得极大的社会效益的同时，也获得了一系列的社会荣誉，先后被评为“东北财经大学会计教学改革特等奖”“辽宁省优秀教学成果一等奖”等；不久，又被评为“全国优秀教学成果二等奖”——这是当时全国所有财经类院校在“优秀教学成果”评选中获得的最高荣誉，而且也仅有两个学校获此殊荣。

三、改革实习方式

我国的经济改革由于历史原因，十分需要经济管理人才，而20世纪80年代却出现了一些高校毕业生高分低能、不能适应社会需要的现象。具体体现在教学中，就是学生临近毕业到企业实习时，由于理论与实践脱节，经常会出现一些问题，比如前文所述的汇款地错误。这令很多企业都不愿意接受实习生。欧阳清作为一名老教育工作者，看到这种情况后十分痛心，他深知这种“供需矛盾”的后果，因此他深切地感受到教育不光是课堂上的简单讲授，更重要的是要培养学生的独立思考、分析问题的能力，实际操作能力和科研能力。为此，欧阳清总是尽可能多地利用各种机会带学生下工厂、搞调查，巩固课堂知识，并引导学生及时发现问题、解决问题。尤其是学生实习，他更是倍加重视。无论是从实习方案的制定，到实习报告的完成，欧阳清都亲自把关，精心指导。

1987年，欧阳清带领83级的四名学生到大连服装机械厂实习。当发现该厂虽然会计电算化做得不错，但是在成本管理方面还需要提高时，欧阳清就积极引导学生理论联系实际，组织学生在充分调查的基础上，根据实际情况为该厂设计了一套完整的标准成本会计制度，帮助工厂开展成本管理改革。学生们对此兴趣高涨，厂方也大力支持，《标准成本设计方案》也设计得非常成功。大连市经委、财政局、税务局、轻工业管理局、审计局成本研究会等部门和社会团体的领导与大连工学院、东北财经大学的教授组成了庞大的评审委员会（名单如下）对此进行评定，并给予很高评价：“本方案的设计内容体现了该厂的生产经营特点，做到理论联系实际；该方案不是西方标准成本会计的简单移植，而是结合我国国情的批判性借鉴，在内容和方法上有所创新，具有中国特色，它不仅能够满足预测、控制、核算、分析等项会计职能要求，而且能够分辨成本责任单位和在成本形成过程中及时反馈责任的差异和差异产生的原因，以及实行例外管理，从而能够针对薄弱环节采取有效措施，促进成本降低，提高经济效益。”工厂最终推行了学生设计的方案，取得了良好效果。欧阳清后来回忆道：“在当时全国的财经院校中，这样的实习方式很少有。一般来说对硕士生、博士生的论文评定也没有这么庞大的人员队伍。”

评审委员会名单

评委会职务	姓名	工作单位	职务职称
主 任	王一良	大连市经委	副主任
副主任	胡锡予	大连市财政局	副局长
副主任	王其光	大连成本研究会	副会长
副主任	李永江	大连市轻工业管理局	副局长
副主任	王盛祥	东北财经大学	教授
副主任	王锡侯	大连服装机械厂	厂长
委 员	刘心一	大连市税务局	副局长
委 员	王仲琪	大连市会计师事务所	所长 注册会计师
委 员	赵德忠	大连市计委	处长
委 员	赵青伟	东北财经大学	电算教研室主任
委 员	王 萍	大连工学院	副教授
委 员	曲炳全	东北财经大学	科研处副处长
委 员	郭长禄	东北财经大学	教务处处长
委 员	蒋中权	大连工学院	副教授
委 员	戴国华	大连市轻工业管理局	企管处处长
委 员	谭祖荣	大连市计算机所	工程师
委 员	姚殿礼	大连市财政局	副处长
委 员	陈有为	大连市轻工业管理局	财务处处长
委 员	戚卓发	大连市计算机办公室	主任
委 员	邵 武	大连市审计局	秘书长
委 员	董志生	大连市轻工业管理局	科员

类似这样的事情还有很多，有些工厂还为此专门写来了感谢信。这样的实习，打破了原来的教学条框，缩短了教学和实际的距离。工厂满意，教师满意，学生更满意。当地省、市电视台还对此做了详细报道。一位学生实习回来深有体会地说："欧阳教授新的实习方式丰富了教学体制改革的内容，使我们认识到自己在社会中的价值和所学知识的局限性。我们希望这种实习的方式能够持久下去。"一位已经走上工作岗位的毕业生在来信中写道："如今每当回想起可爱的大连，总要想起您指导我们毕业实习的日日夜夜。在那些难忘的日子里，我们学到许多书本上学不到的东西，我们从您的身上学到了许多优秀品质：认真、严谨、踏实、坚韧不拔……这些对我们来说，是不可多得的宝贵财富。"

四、全方位教书育人

何谓"全方位"？欧阳清的诠释是"在教书中育人，在育人中教书，把教书与育人紧密结合起来。"欧阳清认为，教书应该是全方位的，不但要抓好学生的文化学习，还要加强学生的思想教育，树立为人民服务和为社会主义祖国服务的志向；不但要传授专业知识，还要培养学生理论联系实际的能力；不但要注意课堂教育，还要注重课外，甚至毕业后的追踪教育，为社会培养更多人才。具体来讲，"有两层意思：一是课堂上除了要跟学生讲课，还要结合讲课内容进行思想教育，课后更要经常跟同学谈谈心，帮学生解决思想问题；二是课堂外要参加同学的学会活动，参加同学的联欢会，然后'见缝插针'地对学生做思想工作。二者要有机结合，不能做得生硬。"欧阳清是这么说的，也是这么做的。

1. 在教学中育人

欧阳清讲课内容生动，不落俗套，富有新意，深受学生们的欢迎。以此为出发点，欧阳清通过对比分析，把加强思想教育渗透到他传播的专业知识中去。通过经济现象揭示社会本质，给学生树立了对社会清晰的认识，提高了他们分析问题、解决问题的能力。

为了让学生们看到党的十一届三中全会前后的巨大变化，欧阳清在讲授指标对比分析时，通过改革开放前后经济指标的动态比较使学生们在掌握经济分析方法的同时，提高了对党的路线、方针、政策正确性的认识。在讲授单位产品成本分析时，欧阳清针对许多学生产生的"我国职工工资太低是因为上缴利润太多"的错误认识，通过对中国和美国同类产品单位成本的对比，说明了我国目前某些产品的单位工资成本高于美国的事实，使学生们认识到我国职工工资偏低并非是因为上缴利税多而是因为生产效率太低，要提高平均工资的关键在于提高劳动生产率，而不应不加分析地提出与现实不符的过高要求。

又如在讲授成本决策分析时，欧阳清针对有些同学不求上进，认为读书越多越吃亏，考研究生机会成本太高的错误认识，全面阐述了什么是机会成本，如何看待考研究生的机会成本等。他教育学生不要光从个人利益出发，而应当把国家利益放在首位。这大大激发了学生的学习积极性，考研的学生人数明显增加。

2. 开展思想教育工作

在教学的同时，欧阳清始终把关心青年学生的思想进步作为己任。曾经有一段时期，部分学生思想混乱，缺乏远大的理想和上进心，会计系党总支书记就请在学生中具有极高威望的欧阳清来讲党课。尽管当时教学工作很忙，身负一个本科班和两个研究生班的教学任务，但欧阳清一想到这会对学生提高思想有很大帮助，还是答应了。欧阳清为这节党课做了充分的准备——首先，他利用自己的休息时间到团委和系党总支等部门了解学生的思想动态，找学生个别谈话，归纳了一些典型问题；然后，他又查阅了几十万字的资料，从中寻找一些事例；最后，他结合自己30多年坚定不移跟党走、投身教育、不断进步的亲身经历和切身体会，深入浅出，娓娓道来，给学生开展了一节长达三个多小时的意义深远的党课。由于党课的内容既有理论深度，又有大量事实的分析，把教书和育人紧密结合起来，党课中途没有一个学生离席，还吸引了不少其他专业的学生前来旁听。这节党课激发了学生在求知成才的道路上争做“又红又专”、德才兼备的社会主义建设经济人才的热情，取得了十分令人满意的效果。

3. 参与学生活动

尽管欧阳清的教学和科研工作很忙，但只要有时间，他还是会经常参加学生的经济学会、元旦联欢会。他觉得这样可以跟学生更近距离地沟通，便于了解学生的真实想法，及时给学生开展思想教育工作。据欧阳清本人回忆：“我记得参加一次元旦联欢会后，学生要我讲话，刚好当时有一部在映电影《凯旋在子夜》，讲的是解放军战士对越战争胜利了，为了不影响老百姓，选择半夜悄悄地回来。我就联系这个讲道：‘我们前方战士为了不影响老百姓休息子夜凯旋，你们不好好读书行吗？’”

东北财经大学74级本科生、原国家审计署副审计长董大胜

毕业后，许多学生都经常写信给他。有一封是东北财经学院74级本科生、原国家审计署副审计长董大胜[1]寄来的，信中这样写道："现在我们虽然不在您的身边，但是您对工作和事业认真的态度、不懈的追求、对学术精益求精的钻研精神永远激励着我们在人生道路上不断拼搏，努力做出成就。我们上大学因为遇到您这样的好老师辛勤不倦地培养我们，我们才能够在知识海洋里扬帆，在事业的征途上起步。您还在政治上、学业上教导我们为人处世的道理，在生活上也得到您体贴入微的关心，这使我们终身受益，毕生难忘。"欧阳清与学生的感情从中可见一斑。

4. 与学生谈心，做学生的良师益友

在教书育人上，欧阳清非常注意做学生的良师益友。怎么做良师益友？与学生谈心，帮学生解决心理问题尤其是遭遇挫折时候的心理问题尤其重要。

74级本科生王卫平[2]从东北财经学院毕业、在东财任教几年后，调到另外一所大学任教。由于刚到不久，新的单位并不充分了解她的实际情况，因此，她在职称评选中没有如愿被评上副教授，这让她思想波动很大，曾想离开学校。当时，欧阳清正在保定参加会议，尽管很忙，欧阳清还是从保定赶到了北京，原本打算住在旅馆，却被她接到了家里。欧阳清与她促膝长谈，了解了具体情况后，就劝她："你在教学方面还是很有素质的，现在之所以没有评上副教授，主要是人家不了解你。我相信人家了解你了，肯定会评上。你不要为这个就放弃自己心爱的职业，还是

1 董大胜，东北财经学院财政财务会计专业74级本科生，与其爱人同年一起师从欧阳清教授，曾在东北财经学院短暂任教。后任中华人民共和国审计署党组副书记、副审计长。

2 王卫平，东北财经学院工业财务会计专业74级本科生，师从欧阳清教授，曾任东北财经大学讲师，后调入中央财经大学任副教授。现任中化国际（控股）股份有限公司审计稽核部总经理。

留下来吧。”这才慢慢安抚了她的情绪。回到大连后，欧阳清觉得自己很有必要把她的详细情况告诉他们学校，于是又写了一封长信给他们学校的党委书记，详细介绍她在东北财经大学求学和执教的表现以及对她的评价。不久之后，学校党委书记对她说：“欧阳教授已经给我写信了，这让我对你的情况有了更全面的了解。你留下来吧。”她一听欧阳清给学校党委书记写了信，就安心留了下来。在第二年的职称评选中，她不仅全票当选副教授，还被学校任命为教学系副主任。

一名84级的学生平常学习突出，工作认真，毕业论文还是全年级两篇最优秀的论文之一。但是在1986年学潮中思想认识模糊，没有经得住别人的鼓惑，犯了点错误，经常想不开，于是思想包袱很重，严重影响她的学生。欧阳清发现这个情况后，就及时找她谈心，首先告诉她犯错误并不可怕，关键是要正视自己的错误，积极吸取教训；然后现身说法，向她讲述了自己曾经被留团察看，后来又加入中国共产党、被评为优秀党员的事，利用自己几十年来在党的教育下成长的切身体会，阐明利害，并鼓励她树立信心，积极上进。很快，这位同学思想就转变了过来，学习的积极性也提高了。大学毕业后，这位学生分配工作有困难，欧阳清又在百忙之中抽空写信安慰她，还替她写了一份全面、客观的介绍信，使这位学生卸下了心理包袱。不久之后，这位学生就依靠欧阳清的介绍信找到了工作。后来，这位学生在来信中感动地说：“欧阳老师，从您身上，学生不仅学到了很多会计知识，而且学到了好多做人的道理……在此，学生谨向我最尊敬的老师表示感谢。而其实这一切又如何能以一个‘谢’字相表！”师生之情深，让人动容。

有一位男同学因打麻将而被处以留校察看处分，思想一度很消极，对学习也很懈怠。欧阳清知道这一情况后，及时找他谈话，指出他的优点和长处，也推心置腹地指出他的缺点，劝慰他正确对待学校的处分，并鼓励他放下包袱，以实际行动来证实自己思想态度的转变。这位同学受到深深的感动，走向工作岗位后，还一直与欧阳清保持联系，经常向他汇报工作和生活情况。

有一位同学曾经跟着欧阳清到大连服装机械厂实习，工作非常认真，在帮助工厂设计标准成本制度，以及培训工厂财会人员掌握标准成本技能上做了大量工作，取得了优异的成绩。不过，在印刷标准成本设计材料时，他擅作主张，用了更好的纸张，增加了开支。在他毕业前夕，欧阳清专门找他谈话，一方面肯定了他文学基础比较好，工作能力较强，思想开放，有干劲等优点，另一方面也指出了他学习不够踏实，组织观念、勤俭作风不够等缺点，告诫他如果工作后不改正这些缺点，将来一定会给自己、给国家造成很大损失。这个同学毕业后，在教师节时给欧阳清写了一封信，其中写道："今天是教师节，是您的节日，想起您对我在学业上和如何做人上的谆谆教导，我怎么也不能控制自己，在此节日之际为您老人家祝福。在今年毕业实习这短短的时间里，我深深体会到和您在一起是一种幸福。因为我不仅从您那里得到了学业上的指点，更获得了您传授的做人的道理，我真希望能重新开始，让我再次聆听您的教诲。"

东北财经大学会计系87级本科生、91级硕士生、
现任东财会计系教授王玉红

1991年初，临近毕业的会计专业87级学生王玉红[1]在欧阳清的推荐下，获得了一个学院的保研名额。能在自己一直非常敬重的欧阳清老师教导下继续深造，这让王玉红非常欣喜。意外的是，几天之后，王玉红的保研名额因为一些差错又被取消了。当时，王玉红还只是一个未走出校门的二十岁出头的女学生，听到这个消息无异于一声晴天霹雳，一时非常难以接受，心中充满了不解，情绪也有些不太稳定。欧阳清知道情况后对学校的决定非常不解，因为这在东北财经大学几十年的历史上还是第一次。他到学校了解了具体情况后，马上就把王玉红叫到家里谈心——一方面向王玉红解释她是因为学院递交推荐材料时出现了差错才被取消了名额，和她个人的表现无关；另一方面又肯定了王玉红在学校的优异表现，鼓励她不要灰心，要继续努力学习，即便没有保研，也可以自己考取。或许是害怕王玉红回学校压力太大，欧阳清就把她留在家里

1　王玉红，东北财经大学会计学87级本科生、91级硕士生，师从欧阳清教授，毕业后留校任教至今。现任东北财经大学会计学院会计系教授。

好好冷静，还给了她两粒养神安眠的药，然后对她说：“今天你就先在这里好好休息，不行就睡一觉，如果睡不着就吃一颗。”在老师的安慰下，王玉红很快平复了情绪。不久之后，欧阳清又到学校相关部门协调，看看能否纠正差错，为王玉红再争取一次机会。正在这时，学院其他专业的研究生招生计划稍有调整，就空出来了一个保研名额，正好被欧阳清争取到。于是，王玉红又重新获得了保研资格。或许这就是冥冥中自有注定，在接下来的本科论文写作中，王玉红选择的课题正好就是欧阳清多年以来研究的方向。研究生毕业后，王玉红留在了东北财经大学执教，和欧阳清成了同事，师生之情日益浓厚。听说欧阳老师特别喜欢看电影和摄影，王玉红一有时间便会带着他去学校、公园拍照；欧阳老师捐献3000元给大连市工会，帮助生活困难劳模，她也主动陪同。几年前，王玉红去上海出差，特意去看望退休定居在上海的欧阳清老师。回来的时候，年已八旬的欧阳老师还专门把她一直送到了机场，让王玉红感动得泪流满面。

还有一个学生，是学生会副主席，学习成绩非常不错，但是由于没有处理好谈恋爱的事情，造成了不好的影响，入党转正问题也因此受挫。当时，她的思想负担很重，整天都灰溜溜的，抬不起头。欧阳清知道这个情况后就及时找她谈话，先是指出了她在学习方面的优点和长处，然后肯定了她谈恋爱并不是犯错误，最后推心置腹地劝慰她要正确地对待同学，对待异性，对待组织的处理意见，鼓励她振作起来，把学习搞好，准备今后报考研究生。后来，这位同学分配到本溪一大学工作，在欧阳清的进一步鼓励下，刻苦学习，备课认真负责，工作开展得也非常出色。欧阳清去本溪做学术报告，有关领导接见他时，特地邀请这位同学，并让她专门介绍了自己的情况。她的爱人在沈阳，两地分居，生活非常不便。欧阳清知道后，又把她引荐到沈阳工业大学做老师。所以，她一直非常感激欧阳清老师。在给欧阳清的信中，她这样写道：“在我心灵最痛苦、最迷惘的时刻，是老师谆谆的教导滋润了我的心田。毕业后老师的话常常鞭策、激励着我，我绝不会辜负老师的殷切希望，以自己的实际行动，努力工作来表达对老师的敬意。”

事实上，执教五十余年来，欧阳清收到过许多这样的学生来信，很多人都在信中表达了对欧阳清的感激之情。这里不再一一介绍。

5. 关心学生的生活

欧阳清对待学生就像对待自己的儿女一样，不仅在政治上、思想上、学习上关心他们，在生活方面也给予了无限关怀和帮助。他挽救政治上误入歧途的学生，为职称评审落选的学生争取机会，还调解学生夫妻矛盾。教师分内的工作他做了，教师分外的只要是有利于学生学习成长的他也做了。很多学生回忆起当年从欧阳清教授那里得到的恩泽和教益，深情地把他称为“严格的慈父”。

孔繁国[1]和他的爱人朱金玉[2]原本都是中专教师。1995年，孔繁国考入东北财经大学会计系研究生，正好师承欧阳清老师。一年以后，为了向丈夫看齐，朱金玉也考入厦门大学新闻传播系，攻读硕士研究生。这样一来，家里就有了“经济危机”——孔繁国在东财读研究生的时候，一直是依靠朱金玉的工资来提供学费和维持家庭开支的，现在两人都要读研，一下子就没有了经济来源。欧阳清知道这一情况后，就给孔繁国想了一个办法——通过自己在上海的学生陈福义的帮助，让准备写硕士研究生论文的孔繁国到上海耀华玻璃厂实习。这样，孔繁国就可以一边实习，一边写论文，有了实习的工资收入，也就解决了孔繁国的“经济危机”。这让孔繁国和朱金玉到现在都十分感激。

研究生毕业以后，孔繁国给欧阳清写过一封信，其中这样写道：“虽然不在您的身边，却仍然感受着您的关怀和呵护。为了学生学习，为了学生工作单位您操尽了心，为了能让学生有一个实习单位，让学生早日有经济来源您想尽办法。”

学生陈福义回忆说，当年他很穷，是欧阳老师在经济上多方帮助他，特别是当他没有鞋子穿的时候，老师买了一双鞋子却故意说自己穿了不合适送给了他，说到此，他仍然充满对老师深深的感激之情。这又使陈福义想起，自己在《辽宁财税》上写的一篇文章获得了稿费一百元，实际上当时稿费标准没那么高，是欧阳老师为了帮助我。每当想到这些，他都感动不已，深深体会到师恩浩荡，师情如海。其中的感激之情不胜言表。

特别值得一提的是东北财经大学财务与会计学教授张先治[3]。1978年，张先治在家人尤其是大姐的鼓励和支持下，凭着超人的毅力，在艰苦的劳作之余，重拾课本备战高考。经过艰苦自学，他以超出录取分数线

1　孔繁国，东北财经大学会计学96级硕士生，师从欧阳清教授。现任李尔华中区运营总监、东风李尔汽车座椅有限公司总经理。

2　朱金玉，厦门大学新闻传播系97级硕士生，复旦大学新闻学00级博士生。现任上海交通大学媒体与设计学院新闻与传播系副教授。

3　张先治，东北财经大学会计学86级硕士生，师从欧阳清教授，毕业后留校任教至今。现任东北财经大学教授，博士生导师，东北财经大学财务与会计研究中心主任，曾任会计学院副院长。

78分的优异成绩，顺利闯过了文化关。体检时，好心的主检医生得知他凭着坚强的毅力获得优异的考试成绩，对他的精神为之感动，请示有关领导，对张先治由于小儿麻痹症导致的残腿放宽了政策，在体检表上盖上了“合格”的印章。尽管如此，张先治还是做好了两手准备，一边期待着上学的消息，一边继续参加劳动。两个月过去了，全国各地的大学陆续开学，他的入学通知却迟迟未到，张先治本人也放弃了最后的一线希望。他姐姐一次次跑高校、找教委，以最大的努力为弟弟入学一事全力奔波。历经种种波折之后，当时的辽宁财经学院领导最终做出了录取的决定。

东北财经大学78级本科生、86级硕士生、现为东财财务与会计系教授张先治

1979年，在学校已经开学半年之后，张先治终于跨入辽宁财经学院（现东北财经大学）的校门。然而，走进大学校园，迎接张先治的并不都是鲜花和笑脸，而是无数世俗的嘲弄和讥笑。他默默地承受着生活的窘境和精神的压力，开始了自己人生路上一场艰苦卓绝的搏击。他始终告诫自己，“欲胜于人者，先自胜”。他坚信，知识就是力量，知识就是尊严。1980年，张先治凭借自己坚强的毅力、一流的学习成绩以及优秀的品格，赢得了老师和同学们的赞叹和尊敬。他用三年半的时间读完了四年大学的全部课程，1982年以全优的成绩领取了大学毕业证书，并被学校评为“优秀共青团员”和“三好学生”。

欧阳清被张先治自强自立、勤奋好学的精神所感动，更对他的才华青睐有加，因此临近毕业，就有意将他招到门下攻读研究生。对张先治而言，能在这位学识渊博、德高望重的老教授门下继续攻读是一件求之不得的事情。正当他踌躇满志复习应考的时候，体检中“不合格”三个字像幽灵一样又一次缠绕着他。面对残酷的现实，他不得不打消了参考的念头，停止了复习。可就在考试临近的前几天，事情又出现了转机，求才若渴的学院做出一个破天荒的非正式决定：“体检不过关也让他参加考试，考完再做工作。”在这种情况下，张先治匆忙上阵，他凭借自己的实力，考出了第一名的好成绩。就在众多人都为张先治感到高兴的时候，那张“体检表”再一次发挥了魔力。在录取工作中，尽管院领导做了大量工作，最终还是因为体检不合格把他卡了下来。院领导为他惋惜，老师为他不平，张先治不得不带着遗憾离开他心爱的校园……

带着无尽的遗憾与无奈，张先治陷入了又一次的等待，这一等就是四年。此间，他没有懈怠，没有消沉，在他的心中，一刻也没有离开他所钟爱的学科与事业。在那些日子里，他跑基层，搞调研，他在储备和积累，他在孕育和准备，一个坚定的信念始终在他心中萦绕，他坚信，一个准备腾飞的民族一定会需要知识和文化的。1984年底，母校又一次向张先治张开了臂膀。在欧阳清的力荐下，他被调回东北财经大学，走上了教学岗位。至此，在这方有识之士为他打造的平台上，张先治如鱼得水，大刀阔斧地干起了事业。1986年，他终于如愿以偿地考取了欧阳清教授的研究生，1992年，他又考取博士研究生，在我国著名经济学家汪祥春教授的指导下，向更深、更高的领域攀登并收获了累累硕果……

这中间还出现过这样一个小插曲：1989年，张先治交了一个女朋友，但女方家里非常反对他们在一起，理由是女方的弟弟也是一个“跛脚”，现在再招一个跛脚的女婿，肯定会让亲戚朋友笑话。欧阳清知道这件事后，就主动邀请他女友来家谈心，告诉她的男朋友是一名非常优秀的学生，将来一定会有大出息的。

张先治的爱人后来出版了一本自传，书名叫《霞》，送给了欧阳清一本。对于这件事，书中这样写道：“五月的一天早上，我碰到了欧阳清老师，他正在等车……后来我才知道，这一天，正是他在劳动公园接受市领导授予‘五一劳动奖章’的那一天……看着报上登着欧阳老师的照片，我的眼前不由地浮现出几年前我第一次见到他的情景……那天，敲开门，我见他头上略有秃顶，但面色和蔼，精神饱满。他让我坐下来，跟我谈起来。他说知道我和他的学生正在处对象，但家里反对。他告诉我，他的学生是很出色的学生，虽然有残疾，却门门功课都是优秀。那年考研究生还是全校第一，他的人也好。其实，当时由于父母的反对，我的心几乎动摇了，但是欧阳老师的话让我确信我跟他是会幸福的。欧阳老师还说，如果我家里人想不通，他愿找我父母谈谈。我被欧阳老师的真诚打动了，于是我的心坚定下来……后来我丈夫的确像欧阳老师说的那样，不但成为教学科研的骨干，而且是我人生道路上不可缺少的伴侣。欧阳老师，更像是一位导师兼慈父一样的关怀和帮助我们……”

两人结婚以后，张先治爱人的工作单位距离东北财经大学很远，每天忙于奔波，无暇顾及家庭，家务事也就全部落在了张先治的身上，这极大了影响了张先治的进一步深造。为了他们的家庭幸福，更为了张先治的未来发展，欧阳清便给学校领导写了汇报信，希望能将张先治爱人调到学校工作，可惜没能实现。欧阳清又想尽办法，通过多方努力将张先治的爱人调到了东北财经大学附近的一家分析仪器厂工作，这才使张先治从家务事中解脱出来，专心钻研业务，在学术上取得了丰硕成果。

张先治留校任教以后，在教学和科研领域里默默地耕耘，最大限度地释放着自己的能量，不断求索、不断创新，并向着更深、更高的领域攀登，先后在学术领域取得了引人瞩目的成果，成就了辉煌的学术生涯。1992年、1995年张先治先后破格晋升为副教授、教授。

欧阳清在东北财经大学工会七四班师生联谊会上的合影（前排中为欧阳清）

欧阳清给予学生的帮助多不胜数，学生对他的感激之情也是难以言表。虽然毕业后都各奔东西，现在也都在各自的领域取得了卓越的成绩，但他们对欧阳清的帮助和教诲却从来没有淡忘过。2008年9月，欧阳清从上海回到大连，许多居住在沈阳的74级学生听说后准备去看他。欧阳清知道学生工作繁忙，不愿意让学生来回奔波，就准备自己乘火车到沈阳去。不知道是谁走漏了消息，74级的其他学生也纷纷从深圳、海口、北京等全国各地赶到沈阳与他见面。董大胜当时正在福建开会，听说消息后连夜坐飞机回到了沈阳，第二天又乘飞机回到福建继续开会。这让欧阳清非常感动和欣慰，也特别自豪。

6. 以身作则，努力贡献，为学生树立良好榜样

“身教重于言教，以身作则”是欧阳清的座右铭和教学信条。他认为，要想当好一名学术带头人，使学生信服，首先必须在知识水平、教学质量、思想品格上对学生有“影响力”“吸引力”，而要提高自己的“影响力”“吸引力”，就必须不断提高自己，贡献自己。

欧阳清从教半个多世纪，勤勤恳恳，一丝不苟，一些课程已经讲了数十遍，但他每次上课前仍然坚持精心备课，几十年如一日，从不间断对国内外学术动态的学习、研究，不断提高自己的专业知识和教学水平。但是，光教是不够的，欧阳清十分清楚，高等教育承担着教学和科研双重任务，两者紧密结合，互不可分。搞好科研是提高教学质量的一个重要环节，所以他在搞好教学、年年大量超额完成教学工作量的同时尤其重视科学研究。从执教开始，欧阳清已经公开出版专著和教材20余部，其中主编的《成本会计学》、个人著述的《工业企业经济活动分析》和参编的《工业企业财务管理》获得财政部优秀教材一等奖或二等奖；在《会计研究》《财务与会计》等刊物上发表论文70余篇，获国家教委和省级优秀成果奖17项，其中，《成本目标管理理论与实践》更是获得国家教委人文社会科学研究优秀成果二等奖，被中国会计学会选为新中国成立以来有代表性的40篇论文之一，并收录在《现代会计手册》中。欧阳清还充分利用开会、调研机会到东北三省及青岛、天津等十多个城市作了数十场学术报告，大连、沈阳、抚顺等地的一些工厂都留下了他成本核算改革的足迹，在他的帮助下，这些企业的经济效益得到了很大提高。

欧阳清主编的《成本会计学》书影

《东北财经大学50年大事记·红旗团委书记和劳动模范欧阳清》曾经对欧阳清的教学工作有过一段记载，其中这样写道：“欧阳清凭着一个人民教师的高贵责任心和事业感，勤奋工作，努力贡献，为高等教育事业做出突出贡献。1987年1月，学校进行任职资格评聘的时候，统计了他1980年到1986年间的教学工作量。结果是总计完成了12871学时，平均每年完成1840学时，远远超过核定工作量，等于六年中每天都加四个小

时班。其中，有年份甚至超额完成教学工作量九倍。再加上他编写教材、撰写论著、外头讲学等工作，等于一年完成了十年的工作”，“而且他注意教书育人，帮助青年学生转变思想，积极上进，在青年教师和学生中流传许多佳话”。

鉴于欧阳清在教学、科研、育人方面的优异成绩，1987年9月，中共东北财经大学委员会又下发了《关于向欧阳清同志学习的决定》（见本节末），向全校发起了向欧阳清同志学习的号召。随后，学校又把相关材料上报给了大连市总工会、大连市委科教部、辽宁省委宣传部和财政部人事教育司，欧阳清陆续被授予“大连市模范教师”“大连市优秀共产党员”“辽宁省优秀教师”“全国财税系统劳动模范”等荣誉。

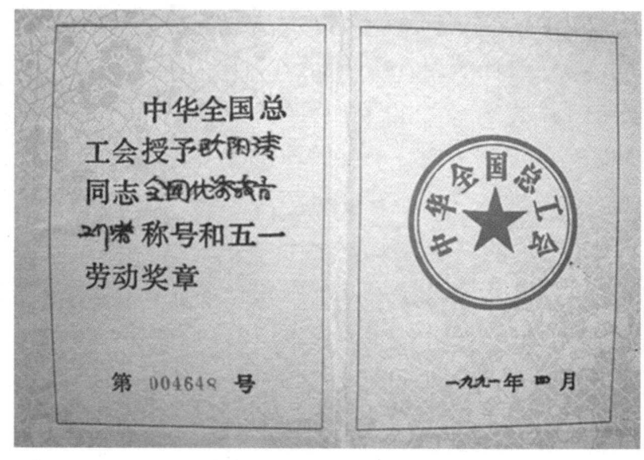

中华全国总工会授予欧阳清同志全国优秀教育工作者称号和五一劳动奖章

第 004648 号

中华全国总工会

一九九一年四月

欧阳清所获五一劳动奖章证书

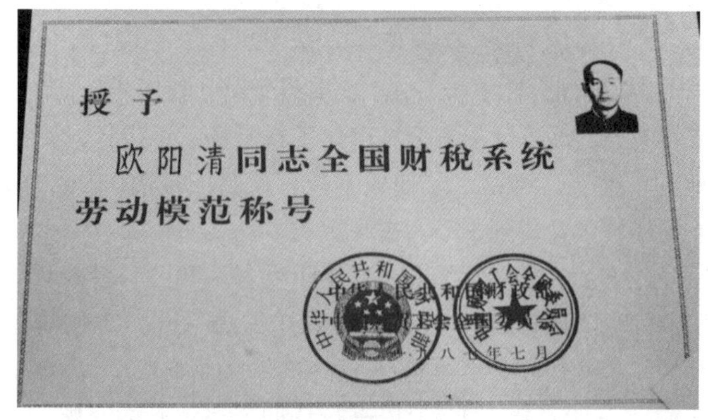

授予
欧阳清同志全国财税系统劳动模范称号

一九八七年七月

欧阳清所获全国财税系统劳动模范证书

1991年，欧阳清又被评为“辽宁省优秀共产党员”“辽宁省劳动模范”“全国优秀教育工作者”，获得“全国五一劳动奖章”，不仅为自己，也为东北财经大学赢了的一些荣誉。

欧阳清教学精益求精、科研不辞劳苦的精神以及他重视科研并把其成果转化为生产力的做法，给许多学生和青年教师带来了正能量，激励他们朝着这一正确方向勇往直前。如今他带过的刘永泽、张先治、刘明辉等教师都在这方面取得了丰硕成果。

关于向欧阳清同志学习的决定

各系、部、处(社、馆、所)：

欧阳清同志是我校会计系副主任、教授、共产党员。自1952年以来，他三十五年如一日。凭着对党的无限热爱，凭着一个人民教师的高度责任心和事业心，勤恳工作、努力奉献，为我校的教育事业的发展做出了应有的贡献。近年来，他先后荣获大连市优秀共产党员、大连市精神文明建设积极分子、辽宁省优秀教师、全国财税系统劳动模范等光荣称号。为表彰欧阳清同志的先进事迹，经研究决定，在全校师生员工中开展向欧阳清同志学习的活动。具体意见如下：

一、学习欧阳清同志呕心沥血、教书育人的模范行为

教书育人是人民教师的神圣职责，是师德的首要内容。三十多年来，欧阳清同志在教学过程中始终把教书育人放在高于一切、重于一切的位置，他坚定不移地贯彻党的教育方针，言传身教，对学生进行多方面的教育，既传授知识，又注重培养学生的思想品德，尤其是十一届三中全会以来，他坚持四项基本原则，结合教学内容，对学生讲解党的开放搞活政策的正确性，澄清了学生中的一些模糊认识。在反对资产阶级自由化的斗争中，他立场坚定，旗帜鲜明，深入到学生中，苦口婆心地教育学生珍惜安定团结的大好局面。他针对少数学生中不求上进，胸无大志等不良倾向，结合自己要求入党三十多年的亲身经历，鼓励学生追求政治进步、争做四有人才在求知成才的道路上奋进。从欧阳清同志身上，我们看到了一个共产党员高度的思想政治觉悟和一个人民教师的优秀思想品质。我们学习欧阳清同志，就要像他那样，坚持四项基本原则，坚持坚定的正确的政治方向，不断提高自己的政治思想水平，加强职业道德教育，做一个真正的灵魂工程师。

二、学习欧阳清同志勇挑重担、勤奋忘我的奉献精神

欧阳清同志执教以来，先后承担了《会计原理》等七门课程的主讲任

务。他一贯认真备课，一丝不苟。自1977年以来，承担了八二至八五级四届三个专业四个研究方向几十名研究生的授课任务。近年来，他同时给本科生、研究生、函授生等三个不同层次、不同授课内容的班级上课，年年超额完成教学工作量。仅1985至1986两个年度就超工作量达百分之九十，他的科研成果也非常显著。近三年，他公开发表的各类论文达20篇，约15万字，其中在国家级学术刊物上发表的有四万多字，在省教学术刊物上发表的有10万字，有7篇论文分别获部、省、市级奖励。他参与编写出版的教材和专著有6部，其中个人完成近70万字。这大量的工作使他常常放弃节假日的休息时间。有时还带病坚持工作，难能可贵的是，在社会上刮起一切“向钱看”的歪风时，他多次拒绝高薪聘请的上课任务，而为更多单位作义务学术报告，表现出一个共产党员和人民教师的高尚品德。我们学习欧阳清同志，就要像他那样为了祖国的四化大业勇挑重担、忘我奉献，这才能够为人师表，无愧于人民教师的光荣称号。

三、学习欧阳清同志严谨务实、理论联系实际的优良学风

多年来，欧阳清同志刻苦治学，始终坚持理论与实践相结合。他每年深入社会调查研究达30天以上，利用节假日、开会、探亲等时机，去外地考察，建立联系，并在本市的一些工厂建立了实践基地。近年来，他联系经济体制改革的实际，进行调查研究，收集了大量的资料，经过深入细致的分析研究，从中选出一些有价值的课题。不断充实和深化教学内容，有力地促进科研。由于坚持理论和实践相结合，注重调查研究，他的科研成果在社会经济改革中产生了较大的影响，他提出的“目标成本会计”已在一些企业应用，产生了显著的经济效益，受到有关部门的奖励。为了验证自己科研成果的实际应用价值，他不辞劳苦，先后到东北三省十几个城市做学术报告，广泛征求意见，进行学术交流，不仅如此，他还自觉地加强实践性教学环节，积极引导学生把社会实践作为必修课，以提高独立分析问题和解决问题的能力，鼓励学生大胆实践，学以致用。在他的指导下，许多学生写出了与四化建设联系紧密、有建树、有新意的论文。今年他带毕业生去大连服装机械厂进行毕业实习，在他的指导下，学生们积极参与工厂的改革，写出了《标准成本制度设计》。受到市经委领导及有关方面专家的好评，大连电视台为此做了专题报道。我们学习欧阳清同志，就要像他那样，理论联系实际，以务实的态度严谨治学，这才能不断提高教学和科研水平，才能在我国经济体制的改革中发挥一个高等财经学府应有的作用。

四、学习欧阳清同志是我校一项重要活动，各单位应当给予足够的重视，有组织，有领导地把这项活动抓紧、抓好、抓实

学校号召全校师生员工立即行动起来，以欧阳清同志为榜样，教书育人、严谨治学，为争创一流的财经大学而努力奋斗。

中共东北财经大学委员会
东北财经大学
1987年9月10日

五、注重学校集体

在东北财经大学任教的几十年里，欧阳清不仅是一位治学严谨、科研出色的优秀教师，也是一位特别注重学校集体、富有集体主义精神的优秀党员。

1. 有全局和组织观念

20世纪90年代，著名会计学家欧阳清的声名逐渐传遍全国，许多企业、学校和事业单位经常邀请他到当地开会或者调研。这一点，学校和学院的领导非常了解，也非常支持，从各个方面为欧阳清提供便利，比如允许他外出开会不用请假。但是，欧阳清每一次接到邀请、确定行程之后，都会主动找学院党支部和行政部门提前请假备案。不仅如此，欧阳清每次回来后，还会主动找到党支部汇报外出开会或者调研的具体情况，有时更是主动写成材料上报。遇到行程有变、提前回来的时候，欧阳清不是待在家里坐享已经请下来的剩余假期，而是马上回学校，投入到日常的教学和研究工作中去，这让很多同事都非常钦佩。

东北财经大学会计学院原党总支书记刘书卓回忆当时的情形时说："欧阳老师具有非常强的全局观念和组织观念，不管做什么事，都始终把组织纪律和集体利益放在首位。有一年，欧阳老师好像是去湖南开会，原定计划是三天，实际上却开了五天。那个时候欧阳老师在全国已经很有名，邀请他的人很多，所以会议时间延长很正常，我们也能理解，就没当回事。可欧阳老师回来之后，马上就找我办补假条，这让我非常敬佩。所以说，他一直都是我们学院的模范党员，更是我们学校所有党员学习的榜样。"

2. 爱校如家

欧阳清在东北财经大学任教和生活长达半个多世纪，东北财经大学与其说是他的工作单位，不如说是更像他的家。他也一直以强烈的责任意识关爱着这个“家”。

1981年，东财筹建会计学院，51岁的欧阳清不仅参与了筹建工作，还主动承担了很多课程的教授工作。涉及全体教师利益的事项，他都会主动提出建议，向学院和学校党委及时汇报。为了学院的长远发展，欧阳清大力举荐青年人才，从自己教授的本科生、硕士生中选拔了一大批优秀人才留校任教，比如刘永泽、刘明辉、张先治、陈友邦、秦志敏、陈文铭、刘纪伟、王玉红等，极大地补充了东北财经大学会计学院的青年教师队伍。可以说，东北财经大学会计学院能够从零开始发展到如今的地步，欧阳清做出了很大贡献。

20世纪90年代，国务院正式启动“211工程”，即面向21世纪重点建设100所左右的高等学校和一批重点学科的建设工程，东北财经大学随即便开展了申报工作。此时，欧阳清已年过六旬，完全有理由不参与或者让自己的学生代他参与这项工作。但他没有如此，而是积极地亲自参与到学校的这项准备工作中。除了协助处理学校的一些事情之外，他还写信给当时国务院副总理李岚清，向他推介东北财经大学。

六、甘于无私奉献

商品经济的大潮冲击着社会各个角落，新的价值观念、新的思潮开始涌入，一些人的人生坐标开始在金钱和功利面前彷徨和倾斜。然而，欧阳清依然“故我”，坚定如钢，为了教育事业，为了对人民负责，做着忘我的无私奉献。

1. 呕心沥血，提携青年教师

欧阳清尽管教学任务十分繁重，但是长期的教学实践使他认识到要提高教学质量，关键在于提高师资水平。所以，他经常抽出自己宝贵的时间，通过各种方式帮助青年教师提高业务素质和教学水平。

欧阳清对青年教师，既严格要求，又耐心指导，全力帮助他们修改讲稿，亲自参与听课，分析每一堂课的优缺点，帮助提高讲课水平，并以自己的实际行动潜移默化地教育青年教师。在他的影响和带动下，青年教师都能以他为榜样，讲课上精益求精，严格要求学生，教学上取得了良好成绩。王卫平是一名长期在他身边工作的教师，她调到中央财经学院后，经常回忆起欧阳清对她精心培养和严格要求的情景："我在中财工作的这几年，成绩得到了承认，今年'七·一'被评为学校优秀党员，应该感谢欧阳老师多年的培养和帮助。过去在老师身边工作，总觉得有个依靠，遇事不大动脑筋，有时对老师的批评还很不理解，现在来中财，时时处处都要很谨慎，处理各种事情，我都以老师为榜样，严格要求自己。"在黑龙江财政专科学校工作的孙福明被评为"黑龙江省优秀教师"，他在给欧阳清的信中写道："……过去协助您布置、批改作业等，使我与您有了更多的接触，对我后来的教学、科研活动产生了很深的影响。几年来，我在教学工作中也取得了一点成绩，显然与您的指教是分不开的。"

在培养青年教师过程中，欧阳清狠抓实践这一环节，把参加社会实践作为提高教师水平的重要途径。他不仅自己坚持深入实践，还特别注意引导青年教师搞好调查研究，经常带他们出去参加会议、帮助实际工作、协助设计改革方案等办法，积极为青年教师创造锻炼的条件和机会。如东北财经大学刘永泽、刘明辉、张先治等教授就曾多次随他一起去沈阳、抚顺及青岛等地作过实地调查，既帮助工厂改革了成本核算，使理论研究转化为生产力，又从中得到锻炼，提高了分析问题和解决问题的能力。

高等学校青、老教师之间缺少沟通，缺乏交流，似乎已成为一种普遍现象。但欧阳清在传帮带青年教师活动中起到沟通桥梁的作用。他平易近人，尊重青年教师，理解青年教师，关心青年教师。他业务上是一位良师，生活上则是青年教师的知心朋友。尽管他惜时如金，但青年教师来家时他总是放下手头工作，热情接待，亲切交流，不仅给予人生指导和生活启迪，还经常不辞辛苦地为他们提供帮助。1994年4月，王玉红正式从东北财经大学会计系毕业，准备寻找工作时她却犯难了——虽然之前实习的会计师事务所领导对她的各方面能力非常赞赏，并向她发出了邀请，但从内心来讲，她又非常想留在东北财经大学会计系执教。该何去何从，王玉红的心里非常矛盾，于是便找到了欧阳清老师谈心。欧阳清知道王玉红读研时的成绩非常优秀，当听到她想留校执教的想法之后非常高兴，也非常支持。可这时会计系招收青年教师的名额已经确定，欧阳清便给了王玉红一个"曲线救国"的路线——先到投资系任教，等以后有机会再调回会计学院。投资系此时的招收名额也快满，经过欧阳清多方协调，王玉红到东北财经大学投资系任教。2002年9月，王玉红调回会计学院任教，按当年欧阳老师给她铺垫的"曲线救国"之路达成了心愿。对此，欧阳清的爱人邵爱琴曾开玩笑地抱怨道："平时忙得不可开交，与我说话三言两语，家务活从来不沾，孩子学习上很少指导，可是学生一来就说个没完。"欧阳清只淡淡地说："我不是闲谈，而是在通过这种方式尽一个老教师的职责。"

由于长时间超负荷工作，过度劳累，1989年10—11月，欧阳清患脑血栓预兆住在大连友谊医院治疗，而那时正值他指导的青年教师和几名研究生撰写硕士论文的关键时刻。他深知这一环节的至关重要，便将自己的疾病置之度外，坚持指导好四篇硕士论文。青年教师秦志敏[1]在论文后记中深情地说："本文在形成过程中……正值欧阳清教授患病住院，他病榻前指导论文的情景和严谨的治学精神令学生终生难忘。本文若有点价值，应归功于欧阳清教授，学生在此谨致谢忱。"其实，在欧阳清住院期间何止指导研究生论文，他还与张先治、刘明辉等青年教师一起研究纺织工业经济效益分析方案，进行纺织工业经济效益分析，并完成两本书的审查定稿。最后医生不得不对他提出严重警告："你是来治病的，不是来工作的，这样下去，你的身体怎能受得了呢？"当医生真正了解了欧阳清的为人之后，又敬佩他的忘我精神，更加关心欧阳清教授的治疗。

欧阳清认为，光会思考，光有理论和实践还是不够，还得学会总结和归纳，得把自己独到的见解形成文字，加以推广。他就是那么严格要求青年教师的，他认为一个优秀人才应该是"理论—实践—科研"三者循环的结合体，任何环节都不能缺少。所以在培养青年教师钻研理论的基础上，欧阳清积极引导青年教师开展科研活动。如何选题、如何写提纲、如何分析问题、如何解决问题，他都悉心指导、讲解，帮助修改论文，使青年教师科研能力、科研兴趣不断提高。一些青年教师在他引导下走进了会计学研究的广阔天地，并在各级刊物上发表论文，提出自己见解。这里特别值得一提的是青年教师刘明辉。

东北财经大学84级硕士生、现为大连出版社社长兼总编、东财教授、博导刘明辉

1　秦志敏，东北财经学院会计系80级本科生、86级硕士生，师从欧阳清教授。曾任财务系系主任，现任东北财经大学会计学教授、财务与会计研究中心研究员等。

1984年，刘明辉[1]从湖南财经学院毕业以后，报考了东北财经学院会计学系且师从欧阳清。而被东财录取的过程中，却发生了一个小插曲。当时，刘明辉的考研成绩非常出色，数学甚至拿到了满分，却有一门专业课成绩不好，这让负责招生的欧阳清非常诧异。但从考试成绩来看，欧阳清觉得这肯定是一个人才，于是便决定和另外一位老师一起到湖南长沙面试一下这位考生——研究生导师到当地面试考生，恐怕这也是空前绝后的一次吧。见面以后，欧阳清问了刘明辉许多问题，发现这位学生不仅能够对答如流，而且对财务管理、经济活动分析、经济政策变化也都有自己独特的理解。这让欧阳清更加诧异，就脱口问了出来："你对会计的各方面知识掌握得都很好啊，可为什么你的专业课考试不好啊？"刘明辉本身就是经济活动分析课程的课代表，专业课更是他最擅长的科目，顿时说道："这不可能啊！！！"等到他正式开始上欧阳清的研究生课程之后，才明白了问题所在——原来，欧阳清讲课和考试使用的教材和他在湖南财经学院准备考研的教材不仅不一样，而且理论知识更加全面，更充满了实践性，而当时湖南根本买不到这本教材。虽然刘明辉的专业课成绩不理想，但欧阳清在交流中发觉这位考生是一块搞科研的料，于是就把他招进了东北财经学院。刘明辉也没有让欧阳清失望，在读研究生期间，他就在包括国家级刊物《会计研究》在内的各类刊物上发表了很多篇论文。

1987年初，刘明辉研究生临近毕业。他是南方人，不太习惯北方的天气，而且父母也在湖南，所以就准备毕业后回长沙。欧阳清不愿意放走这位科研人才，就想了各种办法挽留他——甚至给刘明辉介绍对象，想用"家"把刘明辉留在东财。由于对象要留在大连工作，再加上欧阳老师的一片热情，刘明辉最后选择了留在东财任教。

不得不说欧阳清果然是慧眼识珠，在欧阳清的细心指导下，刘明辉工作没几年就又发表了数十篇论文，其中许多篇论文在国内反响强烈。1988年，刘明辉又与刘永泽、两位湖南籍同学夏博辉[2]、李敬辉[3]发起成立了中国中青年财务成本研究会，在国内会计研究领域产生了很大影响。

1　刘明辉，东北财经学院会计系84级研究生，师从欧阳清教授，1987年毕业后留校任教，曾任东北财经大学津桥商学院院长。现任大连出版社社长兼总编辑，东北财经大学教授、博士生导师。

2　夏博辉，东北财经学院会计系84级研究生，欧阳清学生。现任广东华兴银行执行董事、副行长，中国会计学会理事、中国金融会计学会理事。

3　李敬辉，东北财经学院会计系85级研究生，欧阳清学生。毕业后一直在财政部工作，现任财政部经建司司长、党支部书记。

1993年，由于在科研方面取得了不少成绩，仅仅从事教学工作六年的刘明辉就被东北财经大学破格晋升为副教授，并开始担任会计学硕士研究生导师；1995年又破格晋升为教授，成为当时东北财经大学最年轻的教授和全国最年轻的会计学教授之一。不仅如此，刘明辉还是国内在独立审计领域较早开始从事专门研究的学者之一。自1993年起，他就连续入选独立审计准则工作组，他参与起草的多项准则已经在全国范围内颁布实施，他撰著的《独立审计准则研究》是国内该领域最新研究的代表作之一，他主编的《独立审计学》也是国内第一部独立审计教材。

虽然自己已经获得了很大的成绩，但刘明辉一直都没有忘记欧阳清老师的教导。他曾怀着无限感激的心情说："我每前进一步，都渗透着欧阳老师呕心沥血的指导。"如今欧阳清培养起来的青年教师中已有不少人活跃在会计学理论研究的前沿，为我国会计学理论的研究和会计工作的发展起了很大的推动作用，至于由此而产生的社会经济效益更是无法估量。

高等学校教师不仅要讲好课，而且要撰写好的教材。从前，教材一般由一些高水平的老教师来编著，过去《工业企业经济活动分析》教材就是由欧阳清一人编著，是他多年教学和科研的成果。如今与欧阳清一同担任该课程讲授的四名教师都是他新手培养起来的研究生，可否吸收这些青年教师参加教材的编写工作呢？如果只从个人利益考虑，欧阳清完全可以继续由自己单独编写，而且吸收青年教师参加编写，在某些情况下比他亲自编写还要花费更多的精力。但是，欧阳清认识到要把东北财经大学建设成为第一流大学，出成果和出人才要同步进行，吸收青年教师参加编写教材是快出人才的重要方式。1986年，在这些青年教师还是研究生或者助教之时，欧阳清就吸收他们参与这项工作，让他们从中得到锻炼和提高。

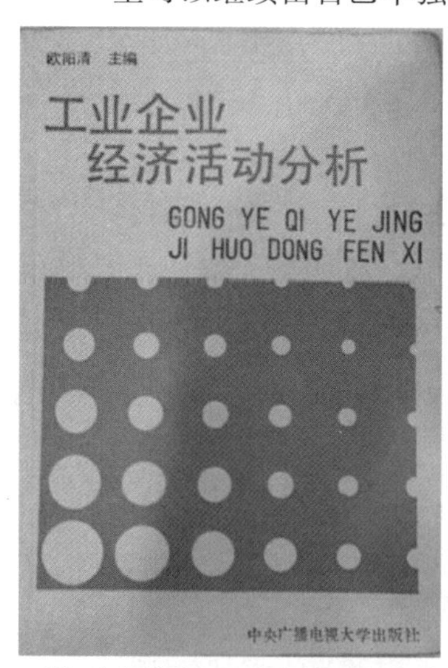

欧阳清主编的《工业企业经济活动分析》书影

比如说东北财经大学会计学院王玉红教授，在她读研究生的时候，欧阳清正在编写《工业企业经济活动分析》。为了培养她的科研和动手能力，欧阳清不仅把书中有些内容交给她来完成，而且还带着她外出调研、检验案例来补充书的内容。欧阳清在编写教材中甘当人梯，自始至终身体力行，言传身教。在他的认真指导和严格把关下，像王玉红这样的许多青年教师都端正了写书的指导思想，严肃、认真地从事教材编写工作，如今他们都早已具备独立编写较高水平教材的能力。到2015年，王玉红已经主编出版了《建设单位会计》《房地产开发企业会计》《财务报表分析》《施工企业会计》《软件企业会计》等十余本书籍，这里面都浸透着欧阳清教授的谆谆教导和良苦用心。

更为可贵的是，为了教育事业，欧阳清竭尽全力，做着忘我的无私贡献。有一段时间，欧阳清负责自学考试辅导教材的编写和电视大学学员的讲课任务，有关同志经常来访或来信求教，他总是有求必应。本溪钢铁公司担任自学考试班辅导的老师慕名而来，准备用重金聘请欧阳清前去做考前辅导，他因为事务繁忙不能前往，就在自己家里将课程难点、重点一一讲给这位初次见面的教师，鼓励他回去给学生做辅导。这位教师回去后来信说：“您在假日期间，牺牲自己，扶植学生，我深受感动……从您身上我看到了东北财经大学教师的风貌，看到了一代尊师的良苦用心！”河南省新乡广播电视大学有一位教师来信询问《工业企业经济活动分析》期末复习与考试问题，欧阳清接信后即以特快回信并寄去有关复习资料，这位老师非常感动，来信说：“你的来信和复习资料都收到了，太谢谢您了，多少天我一直沉浸在激动、兴奋之中……我代表我市全体经济类学员向您致谢，感谢您在百忙之中给我们回信寄书，您那严谨的治学作风，我们将受用终身。”

2. 高风亮节，奉献社会

欧阳清在学校总是争担重任，勇于奉献。一次，会计系讲授《经济效益审计》的教师因病不能继续授课，而这门课又是新开设的课程，师资非常缺乏，系领导为此十分着急。欧阳清得知这一情况后，毅然放弃了撰写专著的机会，接下了教授这门新课程的任务。周围一些人说他这样做是“满地黄金不去拣，却对自己进行‘快速折旧’”，可他却说：“我首先是教师，教书是第一位的。”于是，他放下了手边的工作，悉心备课。经济效益审计是一门新开设的课程，讲得不好，很容易陷于枯燥，为此，欧阳清做了大量的准备工作。他在整个假期里连半天时间都没有休息，常常忙到深夜一两点钟，翻阅大量资料，搞了专题研究。他还专门跑到鞍山、沈阳的一些工厂开展效益审计调查，跑到大连审计局、上海审计局进行调研，进行了充分准备。开学后，欧阳清走上讲台，尽管是第一次讲《经济效益审计》这门课，但丰富的教学内容很快吸引了同学们的注意力。为加深学生对讲课内容的理解，还组织学生课堂讨论。由邵敏[1]同学撰写的《关于经济效益审计的概念、内容等方面的课堂讨论纪要》，时隔三十多年，欧阳清保留至今。在五十多年的执教生涯中，欧阳清先后讲过基础会计、财务会计、成本会计、财务管理、审计、工业企业经济活动分析、经济效益审计等许多门课程，很多新课难课，他都勇于挑战，知难而上。

东北财经大学83级本科生、现为财政部会计事务管理司副司长邵敏与欧阳清合影

欧阳清在学术上颇有建树，在会计工作中对社会贡献很大，请他讲课、做报告的单位越来越多，许多都是慕名而来，重金相邀，但都被欧阳清婉言谢绝了。一次，某单位与他联系，想请他利用暑假教授25次课，可得5000元报酬。他拒绝了，反而接受了系里安排的外出教学任务，并去抚顺辅助财政局召开标准成本制度理论讨论会。还有一次，一家单位高薪聘请他讲授经济活动分析，他却把这个机会让给了一位在生活上有困难的青年教师，自己则主动地替这位教师承担了函授课。

1988年，某部门请他做学术报告，有关人员想比照以往他讲课的酬金标准，查阅他以前做报告的报酬底账的时候竟然什么也没有查到。他们很惊奇，欧阳清却说："我做过很多次报告，很少拿酬金。因为我是人民教师，理应为人民做点贡献。"另一次，欧阳清应邀去沈阳会计师事务

1　邵敏现为财政部会计事务管理司副司长，2017年教师节，她给欧阳老师的贺词说，老师师德高尚，治学严谨，不仅是我们学生时代的师表，还是我们一生安身立命的楷模。值此教师节之际，衷心祈愿老师及家人开心、安康、幸福。

所做学术报告，当别人要付给他酬金时，欧阳清诚恳地说：“我的学术报告都是大家共同研究的成果，我一个人蹲在家里是写不出来的。今天，我把这份报告贡献出来，请大家在实践中检验、论证。这笔酬金就算是我交的学费吧！”该单位领导听后感慨地说：“这才是中国真正的知识分子啊！”

欧阳清与王鹏程伉俪、周首华、郑海英伉俪、李敬辉等同学合影于北京

欧阳清到各地调研的时候，曾帮助过一些企业、完善财务制度以符合上市要求。有一次，正好遇到大连一企业想上市。该企业管理科学，财务清晰，资金雄厚，各方面都符合申请上市的条件。但由于缺乏申请企业上市的经验，迟迟没有能够上市。于是，他们就找到欧阳清，希望欧阳清能够帮助他们重新审查企业各方面制度尤其是财务制度，帮助他们申请上市。考虑到该厂的确具备上市条件，又是东北财经学院的实习基地，欧阳清觉得自己有义务帮忙，于是就答应了下来，陪同该厂的领导一起前往北京申请上市。经过一番手续，该厂终于完成了上市，企业领导为了表示感谢，给了欧阳清很多报酬。欧阳清表示拒绝，最后实在推托不掉，就收了五千块钱。不过，他并没有装进自己的口袋，怎么处理的呢？当时，大连市有些劳动模范还很贫苦，于是欧阳清就把其中三千块钱捐给了大连市工会。之后不久，由于我国有些地区连日暴雨，遭遇水灾，欧阳清又把剩余的两千块钱通过学校捐给灾区。

类似这样的情况还有许多，欧阳清几乎每次都不要报酬或者直接把自己的报酬捐献了出来，有时还把自己的部分工资捐献给慈善机构或者困难人士。对于欧阳清的这种行为，爱人邵爱琴非常理解，也非常支持。不仅如此，她还经常拿出自己的积蓄和欧阳清一起捐款。

欧阳清及其爱人的行为也在不知不觉中感染着周围的学生和同事。有一年，欧阳清带着学生到抚顺，帮助一家企业推行标准成本会计制度。事情完成后，企业要给一些报酬，欧阳清果断推辞了。受老师的影响，刘明辉同样也没要一点报酬。与欧阳清搭档工作很多年的东北财经大学会计学院党总支书记刘书卓则这样评价欧阳清："不管学生与老师谁遇到困难，欧阳老师都会伸出援手帮忙；不管是遇到自然灾害还是家庭贫困生，欧阳老师都是第一个主动捐款。他有着一颗'大爱之心'，始终都把别人和集体的利益放在首位。他始终走在我们学校所有教师和党员的前列，是我们学习的榜样。"

第六章　科研成果：创新理论，躬行实践

在欧阳清看来，教学、科研、实践本质上是一脉相通的，他针对学科的特点，在进行科学研究时做到以下3点：

（1）理论联系实际。实践是检验真理的唯一标准，为避免纸上谈兵，他经常下企业调查研究。他的科研途径是，从实践到理论再到实践，从实践中总结经验，上升到理论写论文，然后再指导实践，转化为生产力，这样才有益于促进社会经济发展，提高企业经济效益。他研究的论文一般都是按照这个途径来写，所以具有生命力，能在实践中推广研究。在公开发表70多篇的论文中，有相当一部分论文获得部、省、市各种奖项。

（2）将理论研究成果转化为生产力。科学技术是第一生产力，然而，把学术成果转化为生产力还需要一个过程。对此，他主动与企业联合，推广他的研究成果。其次，他通过技术指导，帮助企业单位解决管理上的难题，把知识和技术转化为生产力。再次，他还通过做学术报告，介绍研究心得，东北三省、福建、山东、天津等地都曾留下他推广成本会计改革的足迹。试点单位普遍取得良好经济效益。另外，他还在大连接受中国成本研究会的委托，多次举办成本会计研究班，面向全国招收学员，更广泛传播他的学术成果。

（3）创立新课程，把科研成果纳入教材。他认为，科研—实践—教材更新，三者应紧密结合。如果能针对课程体系或课程内容中的薄弱环节，作为研究课题，并将经过实践检验的科研成果及时转化为新的课程或更新课程内容，传授给学生，而学生应用这些最先进、最有生命力的理论来指导实践，则会极大程度地加快知识的更新与发展，从而促进企业管理水平的提高。所以他在日常教学和编写教材的过程中，十分注意课程的创新和教材内容的更新。

欧阳清一生研究成果丰硕，主要集中在班组经济核算、成本目标管

理、成本核算改革和标准成本会计等领域。

一、班组经济核算

20世纪70年代末，在把全党工作的重点转移到社会主义现代化建设上来的过程中，认真搞好经济核算，讲求经济效果，明确经济责任成了必然的选择。但是，由于林彪、“四人帮”极左路线长期的干扰破坏，经济核算工作被大大削弱了，不少企业不求经济效益，不讲经济责任，造成了极大的损失浪费。粉碎“四人帮”后，虽然这种状态有了很大转变，但仍然存在着许多问题有待于研究解决，班组经济核算就是其中之一。

1979年，财政部司长到大连市视察，了解大连市群众理财、班组经济核算的情况，大连市财政局领导就对司长说：“你要了解这方面的情况，应该请东北财经学院的欧阳清老师来汇报，他在这方面比较权威。”欧阳清把实际情况汇报完之后，财政部领导觉得很好，就让他写一份材料。于是，欧阳清便在总结了许多企业班组经济核算的经验和存在问题的基础上，写了一篇题为《关于工业企业班组经济核算问题的探讨》的文章。事实上，在写这篇文章之前，欧阳清就对大连市各个企业的班组经济核算情况做过一系列调查和研究。早在“文化大革命”初期，大连市革委会写作小组为了总结当地群众理财的经验，就曾经派欧阳清到大连染料厂调查、总结他们班组经济核算的情况。1974年，工农兵学员开始进高校学习的时候，欧阳清又给学生们讲了班组经济核算方面的专题。此外，他还让全体学生到大连市各个企业做调查，然后每人写一份关于自己所调查的企业的班组经济核算情况的报告，最后由74级学生董大胜汇总，共同研讨。正是在这样长期的大量调研、研究的基础上，欧阳清才很快写出了这篇文章，由会计系主任王盛祥带到北京，作为中国会计学会第一次年会的论文，在众多论文里脱颖而出，刊登在《会计研究》1980创刊号上。

在《关于工业企业班组经济核算问题的探讨》中，欧阳清首先分析了班组经济核算的性质及其特点，然后着重澄清了有关班组经济核算的三个模糊认识，最后重点提出了班组经济核算应与社会主义劳动竞赛和物质利益相结合。

1. 班组经济核算性质及其特点的分析

欧阳清认为，班组经济核算，就是根据节约时间规律的要求，在企业最基层单位——生产班组对其生产活动进行的记录、计算、分析、比较，以期用最少的劳动消耗取得最大的经济效果。它是社会主义企业经济核算的基础，有着自己的鲜明特点：

（1）班组经济核算，是对直接消耗物化劳动和活劳动、直接创造物质财富的生产第一线的经济核算。它能够具体、迅速、准确地反映班组的生产消耗和生产成果，及时地解决生产和管理中的问题，有效地推动工业企业增产节约运动的深入开展。

（2）班组经济核算同生产过程紧密相连的直接性，决定了它的群众性。它和广大工人群众有着最广泛最密切的联系，其核算内容工人摸得着、看得见、体会深，是广大工人群众最关心、最需要了解和掌握的群众核算。

（3）生产班组是企业生产活动的细胞，它所进行的生产活动，仅仅是企业生产经营活动的一个片断。因此，班组经济核算只能是局部的核算。它的对象局限于班组直接掌握的劳动消耗和生产成果，主要是为班组本身生产、管理的需要服务。决不能要求班组什么都算，应体现干什么、管什么、算什么的原则。

开展班组核算，是按客观经济规律办事的必然要求，不搞班组核算，企业经济核算就失去了基础，就是不完全的核算，其作用就得不到充分的发挥。班组经济核算开展得好，不仅对于高产、优质、低消耗、深入开展增产节约运动、完成国家计划有着重大的促进作用，而且对于把经济工作愈做愈细，提高企业经营管理水平，发扬工人主人翁意识和责任感，完善社会主义生产关系都有着重要意义。只有把企业、车间经济核算和班组经济核算紧密结合在一起，才能更好地反映客观经济规律的要求，促进社会主义生产不断向前发展。

2. 有关班组经济核算三个模糊认识的澄清

（1）澄清是否“只有工人参加班组经济核算的全过程，亲自参加具体计算工作才能叫群众核算”。班组经济核算是群众核算，群众在班组经济核算中的作用，主要表现在讨论计划指标、填写原始记录、参加分析、关心生产的消耗和成果上。但是过去普遍的看法是，只有工人参加班组经济核算的全过程，亲自参加具体计算工作才能叫群众核算，否则就不算。在这一框框的束缚下，不仅使工人在某些方面的负担过重，更主要的是阻碍了班组经济核算的深入发展。欧阳清认为，这样的理解是片面的，对群众核算不能做形而上学的理解，群众核算不体现在担负具体计算工作的人员是否为工人这一点上，而是体现在班组经济核算的具体对象、具体内容和群众有着直接的、密切的联系上。它核算的范围是群众直接创造物质财富的生产第一线，核算的指标与生产者的活动直接相连，核算的结果能最快地为群众掌握以指导生产、改进工作，这就是群众核算的主要含义。至于担任具体计算工作的人员，可考虑需要而定。可以初步设想有两种情况：在有条件的班组，即工人在工余时间能完成具体计算工作，就可以由工人直接核算；有的班组可以采取专业人员和工人相结合的办法，一些计算复杂的指标由专业人员（如车间经济核算员、成本员、统计员、技术员等）核算，另一些较简单指标则由工人自己核算。总之，一切从实际需要出发，而不能从本本出发，不论谁来计算，脱产与否，班组经济核算都不失其群众核算的性质，都能同样促进生产的发展。

（2）澄清是否“班组经济核算只是在社会主义一定阶段上才存在”。当时，有一种意见认为，班组经济核算只是在社会主义一定阶段上才存在，随着生产现代化，班组经济核算就没有存在的必要性了。欧阳清则认为，这一方面是对班组经济核算做了片面的理解，更主要的是未能正确认识班组经济核算的性质及作用。班组经济核算可以是各种形式的，或者以单机、单人为核算单位；或者以生产小组各个轮班为核算单位；或者以生产小组为核算单位；或者以生产设备或联动机为核算单位；或者以生产流水线或自动线为核算单位。这些形式都是班组经济核算。随着生产现代化，班组经济核算的形式、核算内容和核算方法要做相应的变革，但是，班组经济核算始终是需要的。生产越发展，经济核算，当然包括班组经济核算，必然越来越重要。

（3）澄清“班组经济核算是否需要运用价值形式来进行计算”。在社会主义条件下，由于还实行商品生产和货币交换，因而价值规律必然存在并发挥着不可缺少的作用。在进行经济核算过程中，只有充分利用价值规律的作用，反映价值规律的要求，运用价值形式核算生产产品消耗的物化劳动和活劳动，反映生产经营的经济效果，才能达到经济核算的目的。但是，在班组经济核算中，对于是否需要运用价值形式进行核算，当时还存在着不同的认识。以往普遍的做法主要是核算产量、质量、工时利用和原材料消耗等几个单项指标，至于利用价值形式来进行班组经济核算，则被视为禁区，认为作用不大，核算太麻烦，工人不好掌握等。欧阳清则认为，根据经济工作要越做越细的要求，并随着班组经济核算逐渐巩固和发展，必须要突破这个禁区。因为大量的实践已经证明，现行的几个指标固然能在一定程度上从不同方面反映班组的劳动消耗和经济效果。但是，从班组经济核算所担负的任务来看，只采用这几个指标是不够的。因此，欧阳清提出，要把班组经济核算的水平提到新的高度，某些指标在采用实物量或工时计算的同时，还要以价值的货币形式来反映，并应根据实际需要和可能，利用价值指标即用货币形式综合地反映班组工人所创造的经济效果，把班组经济核算其他指标统一起来。这是从班组经济核算的目的出发，由社会主义社会的客观经济规律所决定的。

欧阳清认为，采用价值形式进行班组经济核算，不仅可以把其他指标有机地联系在一起，便于综合考察班组经济效果，还可以使工人确切了解自己的生产活动究竟为国家创造了多少财富，从而更加关心增产节约运动，同时还为贯彻按劳分配、多劳多得的原则提供了客观依据。他强调采用价值指标的作用，但绝不是否定其他各项指标的必要性。利用价值指标进行班组经济核算，主要为了综合地反映班组的经济效果，但是价值指标不能反映班组生产的各个侧面。因此，欧阳清提出，采用价值指标的同时，还要有产量、质量、工时、原材料消耗等指标，起到互相补充的作用，以便比较全面地反映班组生产活动及其经济效果。至于班组经济核算采用价值形式是否会增大工作量，欧阳清认为，从单方面看是这样，但是如果从班组经济核算所要达到的目的来看，采用价值形式是完全必要的，只要它对加强班组经济核算有好处，就应该坚决采用。至于这方面计算工作问题，前面已经说过，可以由车间专业人员兼任以至配备专人负责。如果这样做能够推动班组经济核算深入发展，有利于提高生产经营的经济效果，那么增加人力也是合适的。

在实际工作中，利用价值形式开展班组经济核算是一个比较复杂的问题。由于各个班组的生产特点不同，决不能强求一律、搞出统一的模式，必须从各个班组实际情况出发，贯彻实事求是的原则。欧阳清在大量调查和研究的基础上，提出了以下三种方式：一是通过计算节约额来综合地反映班组增产节约的经济效果；二是通过计算班组产品的实际成本同其计划成本对比，来综合地反映班组生产活动的经济效果；三是在一些生产稳定、品种单纯的班组中，实行厂币责任核算制（所谓厂币，就是在厂内流通使用，作为“购买”生产所需材料和“支付”各项生产费用时进行相互结算用的货币，它是每月初由车间根据班组的生产任务和各项定额计算发放的）。此外，在利用价值形式进行班组经济核算时，还要合理地制订出各种材料、劳务、在产品半成品的厂内计划价格，作为班组经济核算的计价标准和相互结算的计价依据。

3. 班组经济核算与社会主义劳动竞赛和物质利益相结合

欧阳清认为，建国三十年来班组经济核算工作几起几落，走过了曲折的发展道路。到1979年，在为数不少的企业里，班组经济核算仍然开展得不够好，未能充分发挥其应有的作用，甚至名存实亡，流于形式。而班组经济核算开展之所以不持久、不普遍、不深入，除去林彪、“四人帮”极左路线的干扰破坏外，班组经济核算未能同社会主义劳动竞赛紧密结合，未能贯彻物质利益的原则，也是一个重要原因。

社会主义劳动竞赛，它以生产资料公有制为基础，体现着人们在生产过程中同志式的互相合作关系，对于促进社会主义生产发展有着巨大作用。在工业企业里，生产班组是开展社会主义劳动竞赛的基层单位。从班组经济核算与社会主义劳动竞赛的关系来看，两者目的是一致的，都是为了实现优质、高产、低消耗，从而保证全面完成和超额完成国家计划。这也决定了班组经济核算的各项指标，与劳动竞赛的基本条件也大体相同或非常接近。劳动竞赛一般主要是比产量、比质量、比消耗，而班组经济核算正是反映和分析产量、质量和消耗等指标计划的完成情况。因此，欧阳清认为，也应该完全可能把两者紧密结合在一起。班组经济核算的指标为社会主义劳动竞赛提供了具体内容，使人们有了比学赶帮的标准，评比有了具体的依据，有利于社会主义劳动竞赛更加蓬勃地发展。反过来，社会主义劳动竞赛的开展又会把班组经济核算不断推向深入，保证它具有更广泛的群众基础。毫无疑问，班组经济核算和社会主义劳动竞赛的紧密结合，必然有助于两者互相促进，这就能产生巨大的动员力量，促进增产节约运动广泛、深入和持久开展。

为了使班组经济核算和社会主义劳动竞赛相结合，欧阳清又提出，必须注意解决以下几个主要问题：

（1）要正确确定班组经济核算单位（即核算范围）。核算单位也应当是竞赛单位，它应根据生产特点和劳动组织情况，考虑劳动竞赛、岗位责任制的具体要求来确定。只有这样，核算结果才能正确反映出各单位工作成绩的优劣，引起工人的关切和重视，从而有利于劳动竞赛的开展。因此，在经济技术责任能按小组和工作班划分的生产中，尽量按小组分班进行核算，这是因为同一小组的各班指标完全相同，便于开展班组劳动竞赛评比。只有同一小组的经济效果无法分辨划分清楚的，才采用小组或其他形式。

（2）要正确确定核算指标。班组核算指标应与劳动竞赛指标相结合，即把劳动竞赛的主要条件列作班组经济核算的指标。竞赛的重点项目也应是核算的重点指标。为了适应劳动竞赛的需要，除了班组经济核算的基本指标外，还要设置一些附加指标，如安全和学习等。

（3）班组经济核算的结果必须与评比相结合。在反映班组各项指标的成绩时，要有利于评比顺利地进行，这就要根据企业具体情况，采用适当方法。例如有些企业通过价值指标进行评比，也有些企业采用计分方式，即为各指标分别规定计分标准，全部指标为一百分，各项指标超额完成或未完成时按其幅度给予增分和扣分。但采用这种方式时，应注意各指标的计分标准必须合理，一般说，对于生产中关键的和难以完成的指标，计分标准可以适当大于此。

（4）加强组织领导。班组经济核算与劳动竞赛相结合，不仅是一个工作方法问题，而且也是一项涉及面广的群众性工作。因此，这一工作也绝不是某一部门所能独立胜任的。各部门必须互相通气，密切配合，全力协作，才能搞好。为了增强统一领导，有些企业成立了社会主义劳动竞赛与班组经济核算领导小组，从组织上保证了这项工作更好地开展。值得推广。

应当指出，班组经济核算同社会主义劳动竞赛的内容并不完全一致，班组经济核算仅仅是经济指标，而社会主义劳动竞赛还包括了其他内容，不能把两者完全等同起来。这也是一个值得注意的问题。因此，欧阳清提出，开展班组经济核算和社会主义劳动竞赛必须很好地贯彻物质利益原则，把劳动者的个人物质利益同班组经济核算的结果联系起来，利用物质利益调动工人提高生产经济效果的积极性，关心核算，关心竞赛，把核算和竞赛持久下去，深入下去。只有这样，班组经济核算才能建立在千百万群众大干社会主义的基础上，获得内在的经济动力和精神动力。

欧阳清还着重强调，在贯彻物质利益原则中，班组经济核算指标应该成为取得奖金的主要依据。一方面，班组经济核算采取价值指标综合反映了工人增产节约为社会多创造的财富数量，即反映了超额劳动的程度。另一方面，它又可以成为决定每个人取得奖金多寡的基本准绳，改变在奖金分配上平均主义的不合理状况。这样做，使工人对班组经济核算更加关心，对生产更加专心。由此看来。物质利益原则促进了班组经济核算，反过来，班组经济核算又能保证物质利益原则的贯彻执行。

当然，欧阳清强调班组经济核算必须贯彻物质利益原则，绝不是说可以忽视思想政治工作。他认为，单靠经济手段是不行的，作为生产力基本因素的劳动者的觉悟程度如何，对生产发生着巨大的影响。因此，在开展班组经济核算过程中，贯彻物质利益原则必须伴之以深入细致的思想政治工作。把政治工作结合经济工作一道去做，从各方面调动劳动者的社会主义积极性，班组经济核算才能深入持久地开展下去，促进生产，加速四个现代化建设。

为了更好地推广经验，欧阳清受邀到各地做了许多学术报告，还专门到沈阳市搞了一个班组经济核算方面的学习班，并亲自编写教材和讲课，取得了非常好的效果。后来，美国犹他州大学的三位学者到鞍钢考察，了解了厂里的班组经济核算情况后，给予了很高的评价，并在1985年5月第二次泛太平洋企业经营、经济与技术交流会议上提交了《责任会计在中国——鞍山钢铁公司的实验》一文，系统地介绍了鞍钢创立和推广班组经济核算的经验，并指出："会计核算工作特别是成本会计中固有的一些问题，就是不能够使一个普通生产工人了解他自己，或是他所在班组的工作究竟为整个企业创造了多少利润"，"这种在编制生产成果成本报告上的困难，使全世界企业感到困扰。中国却已经找到了，至少是部分地解决这个问题的切实可行的方法"。这说明班组经济核算这一具有中国特色的责任核算方法已经受到国际社会的注意。不过，在欧阳清看来，他这篇文章之所以能有如此大的影响力，可不仅仅是他一个人的功劳，而是所有参加调查、研究的学生、老师和企业财会人员的共同功劳。

二、成本目标管理

在20世纪80年代初期，辽宁省一些企业开展了成本目标管理，取得较好的效果，但是由于对成本目标管理中的一些问题存在不同的认识，在一定程度上影响成本目标管理更广泛、深入地开展。为此，欧阳清对沈阳、大连部分实行成本目标管理的企业进行了考察，作了比较深入的研究，总结了这些企业的经验，认为实行成本目标管理是成本管理的新发展，并对如何加强和完善成本目标管理提出个人见解。

欧阳清在调查研究基础上，撰写了《成本目标管理的理论和实践——从辽宁省部分企业实行成本目标管理的经验看成本管理的发展》，此文对我国企业成本目标管理作了进一步概括和总结，使之具有更大的推广和应用价值。此文以后提交给中国成本管理研究会理论讨论会并作为交流论文，他在大会上介绍了此论文的主要观点，受到了与会者关注和较高评价。理论讨论会纪要记录了此文的观点，并作为这次理论研讨会推荐的重要论文之一，在《会计研究》1985年第一期发表。论文发表后反响较好，为当时我国成本目标管理改革实践起了很好的指导作用。之后受中国成本研究会的委托，在大连举办了成本目标管理研究班，从全国各地招收学员学习，学习时间为两周，采取听课和讨论方式。研究班结束后，有些学员回单位实践这一管理方法，收到了较好的效果。例如，河北省宣化钢铁公司机械厂财务科同志在听了欧阳清教授的"成本目标管理与控制分析"讲座后，回厂开展目标管理与厂内银行配套应用改革，建立了责任会计。一年以后，他向欧阳清教授发来感谢信，说："……您使我们眼界开阔了许多，理论上提高了许多，经过成果应用，效果显著，全厂因此消化增支283.45万元，增加经济效益89.88万元……，我们以建立责任会计制，实现目标管理与厂内银行的配套应用为题，写出的论文获得河北省现代管理二等奖，真正体现了'科技是第一生产力'的内在含义。"

欧阳清撰写的这篇论文发表后，收到有关方面的好评，先后获得全国财政理论成果佳作奖，国家级人文社会科学研究优秀成果二等奖，并被中国会计学会作为新中国成立以来有代表性的四十多篇重要论文之一，收入《中国现代会计手册》(中国财政经济出版社1988年7月出版，该书是中国会计学会、财政部会计事务管理司和中国财政经济出版社组织在京的部分会计学者、专家编写的，"它是中华人民共和国成立以来第一部具有实用价值、科学价值、历史价值的大型综合性会计工具书，也可以说是一部"会计大全"。其中第四部分"重要文章和报告"主要选用新中国成立以来每一历史时期具有代表性的以及各种不同学术观点代表人物的文章，并力求做到选用第一位提出某一学术观点的篇目)。

《成本目标管理的理论和实践》论文引示见附录三。

三、成本核算改革

20世纪80年代，在经济体制改革过程中，成本核算改革问题越来越受到大家的关注。欧阳清就曾就这一问题提出一些初步设想。后来，有些企业开始对传统成本核算方法做了某些改革，在内部核算中，有的应用标准成本计算，也有的应用责任成本计算，还有的应用直接成本计算，并取得一定的成效。但是，如何针对我国的实际情况，既适应宏观经济管理又满足微观经营管理的需要，把以上这些方法有机地结合起来，还需要从理论与实践结合上作进一步探索。于是，欧阳清就与学生陈福义一起就这一问题，根据对部分企业调查了解到的资料，在全面分析了传统成本核算方法存在的主要问题的基础上，系统地提出了一种成本核算改革方案，以期对成本核算改革有所裨益。具体内容包括以下三个方面。

1. 加强成本控制，把成本核算与成本目标管理结合起来

欧阳清认为，传统的成本核算方法重在产品成本的事后综合反映，成本核算时间与成本形成时间脱节，不能及时揭露成本差异。随着成本目标管理的推行，成本核算的着重点必须从事后核算转移为事前、事中控制上，以充分发挥成本核算在降低成本和提高经济效益中的作用。

在欧阳清看来，根据成本目标管理的要求，在那些具备条件的企业，应实行目标成本会计。这种成本会计要求健全各种消耗定额，制订计划价格，编制费用预算和各种产品的目标成本（标准成本或定额成本），作为控制成本的根据；在生产过程中发生费用时，要及时组织成本差异的核算，并分析成本差异的原因，以便采取相应措施，控制成本，实行成本预防性管理；在这种成本会计制度下，产品实际成本是由目标成本和成本差异组成的。

在欧阳清设计的成本核算改革方案中，实行目标成本会计，对“原材料”“基本生产”“产成品”等账户，均要按实际采购或加工数量上的标准成本记账，设置“材料价格差异”和“产品成本差异”账户。“产品成本差异”账户是用来反映本期产品实际总成本与实际产量的标准总成本的差异，该账户下设“材料价格差异”“材料数量差异”“半成品数量差异”“直接人工成本差异”和“变动制造费用差异”等五个二级账。“材料价格差异”账户则用来反映采购供应过程中发生的实际采购成本与实际采购数量的标准采购总成本的差异的发生额和结转额。这两个差异账户的借方归集差异的发生额，贷方登记差异的结转额。不利差异记蓝字，有利差异记红字。月末，将“产品成本差异”账户借方发生额全部贷转到“销售”账户的借方。材料价格差异的结转可以有两种方法：一种是把价格差异全部结转给本期产品和专项工程成本负担，以便简化核算，正确考核供应部门当期工作质量对成本的影响；另一种是根据本期材料实际消耗量来结转，只有那些生产和管理部门耗用的材料的价格差异，才从“材料价格差

异”账户的贷方转到“产品成本差异”账户的借方。各成本责任单位应设置明细账反映材料教量差异、半成品数量差异、直接人工成本差异、变动制造费用差异。

欧阳清认为，这些成本差异的处理方式，应根据企业的生产特点、组织结构和管理水平等具体情况的不同来考虑，不能用一个模式去套，强求统一。为此，他还提出了两种处理方式。第一种是各种成本差异不必在产品之间摊配，可由各成本责任单位将差异平行结转到厂部财务部门，经财务部门汇总之后，按各种完工产品的标准成本比例进行分配，以计算各完工产品的实际成本。第二种方式是各成本责任单位对材料、半成品数量差异，凡是可以直接按产品品种划分的，就直接计入各种产品成本；不能直接按产品品种划分的，则应按实际产量的材料、半成品的标准成本比例进行分配。其他成本项目的成本差异，不必在产品之间进行分配。月末，各成本责任单位应将各种产品的材料、半成品的数量差异，以及其他各成本项目差异结转到厂部财务部门。财务部门对材料、半成品的数量差异可直接按产品品种汇总；直接人工成本差异、变动制造费用差异经汇总之后，可按以上第一种方式中的分项法进行分配，以计算各完工产品的实际成本。

欧阳清还特别指出，如果上级要求提供按原始成本项目反映的成本资料时，对各种商品产品应分摊的半成品数量差异，应按该半成品的标准成本结构进行分解，计入各产品有关成本项目。不过，这种分解只是为了了解产品成品结构的情况，对于企业成本管理的意义则不大。因此，凡是不需要按原始成本项目反映成本资料的企业，可将半成品数量差异并入直接材料成本。这样不仅在核算手续上较为简化，而且又有利于企业的成本管理。

2. 加强责任成本核算，把成本核算与厂内经济责任制结合起来

随着经济体制改革的深入发展，为适应企业推行厂内经济责任制的需要，必须改革过去的那种在成本责任上是“大锅饭”的产品成本核算制度，实行责任成本核算，把成本核算的着重点从计算各产品成本转移为计算各责任单位的成本，以确定责任单位的工作成绩和经济效果，否则厂内经济责任制就会失去科学的管理基础。这就要求按企业生产经营组织形式，成本开支的权利和责任，确定成本责任层次，建立成本责任单位，组成一个纵横交错的责任成本体系；在实行目标成本会计的基础上，将产品标准成本和费用预算，分解落实到各责任单位，形成责任成本预

算，使各责任单位明确各自的目标和应该完成的任务；各责任单位领用材料，互相提供产品或劳务，应根据责任分清的原则，按标准成本转账，以便正确核算和考核各责任单位经营成果。在成本计划的执行过程中，应按成本责任归属来记录，计算、归集、报告各种成本差异，使成本资料不仅能说明成本超降的原因，而且能直接回答成本的超降是与哪些责任单位的工作质量有关。这就为正确评价和考核各责任单位的工作成绩提供了可靠的数据，做到奖惩有据，赏罚合理，从而开创人人关心降低成本、千方百计提高经济效益的新局面。

在欧阳清看来，按责任成本核算的要求，厂部财务部门在“产品成本差异”账户下应设置棋盘式二级账，按责任单位分专栏反映各成本项目差异数，以便了解责任成本预算的执行情况。各责任单位为了了解本身责任成本差异额及其原因，掌握期间费用预算执行情况，反映在产品资金占用水平，应设置“基本生产、产品成本差异和期间费用联合明细账”。月末或旬末，各责任单位应编制责任成本预算执行报表，反映本单位的标准成本和偏离标准的差异，并根据例外管理原则，重点剖析例外差异，使上一级和责任者本身明确责任成本预算执行情况，了解问题产生的原因，以决定采取何种措施调节当前的实际行动。

3. 将直接成本与期间费用区分开来，使成本核算适应成本预测、决策和分析的需要

欧阳清认为，直接成本与期间费用一般是属于不同的成本性态。前者与产品生产数量的增减有着直接关系；后者在一定范围内同产品数量增减无关，它是与制造期间成比例关系的。由于两者成本性态不同，成本控制方式也不一样，在成本会计上理应将直接成本与期间费用区分开来，并对它们采取不同的核算方式，尽量减少无效的计算工作量，为企业改善管理和提高经济效益提供有用的信息。这样才能充分发挥成本会计的管理职能作用，适应成本预测、决策和分析的需要，以满足生产经营型企业内部经营管理的要求。

按照直接成本与期间费用分开核算的要求，应设置“变动制造费用”“期间费用”两个账户，以取代“车间经费”和“企业管理费”账户。将车间经费中的变动部分及其他变动制造费用记入“变动制造费用”账户的借方；月末从贷方全部转出，其中，实际加工数量上的标准变动制造费用借记“基本生产”账户，差异借记“产品成本差异——变动制造费用差异”账户（不利差异记蓝字，有利差异记红字）。把车间经费中的固定部

分与企业管理费合并，记入“期间费用”账户的借方，月末全部转入“销售”账户的借方。各成本责任单位之间半成品的转移，以及产成品的增减均按直接标准成本计价。月末，为了对库存产成品进行正确计价，以便按完全成本计量利润并编制财务报表，应将日常按直接成本计算的库存产成品调整为正常完全标准成本。

在欧阳清设计的成本核算改革方案中，对期间费用调整的账务处理方法是当库存产成品增加时，应按调整额借记“产成品”账户，贷记“销售”账户；反之，如果库存额减少，则应将期间费用整额借记“销售”账户，贷记“产成品”账户，以便按完全成本正确进行库存产成品的计价和利润的计量。

为了按照国家规定的要求编制商品产品成本计算表（按产品类别），还应将当期发生的期间费用按一定的分配标准分配到本期完工的各种商品成本中去，分配标准可以是各种产品实际产量的直接标准成本；如果企业制订有单位产品完全标准成本，则可按各种商品产品实际产量的标准期间费用比例分配。

在以上这种成本核算方式下，本期完工的商品产品实际完全成本，是由直接标准成本、产品成本差异和期间费用三部分组成的。它是根据“产成品”“产品成本差异”和“期间费用”三个账户的借方发生额相加而求得。

欧阳清提出的成本核算改革方案是在目标成本会计的基础上，以计算责任成本为主、产品成本为辅，直接成本计算与完全成本计算相结合的一种新模式。他认为，这一计算方法比较简便，加强了成本控制，与企业经济责任制密切结合，有利于成本预测、成本决策和成本分析，同时也考虑了宏观经济管理的需要，计算各种产品实际成本，并按完全成本进行库存产品计价和利润计量。不过，由于我国各企业成本管理水平不一，企业内部经济管理的要求也不尽相同，尤其是各企业的生产特点不同，因而，欧阳清认为，不同类型企业在应用这一成本核算模式时，还需要结合其具体情况做一些调整和补充。

四、建立中国式标准成本会计的研究

西方标准成本会计具有传统成本计算制度无可比拟的优点，作为管理成本的一种具体方法，确有值得借鉴之处。但是西方的做法也并非尽善尽美。西方标准成本会计按原因反映差异额，一般不计算产品的实际成本。因此，企业就无法提供产品实际成本的资料，就不能满足经济管理的需要，与我国现行制度有矛盾。另外，西方标准成本会计制度下的账务处理过于复杂，也应适当加以简化。可见，对西方标准成本会计不能机械地照搬，要结合我们自己的国情批判地借鉴。我们要在满足宏观管理需要的前提下，总结完善我国自己的经验，有选择地吸收西方标准成本会计制度的科学部分，建立一套适合我国国情的中国式标准成本会计制度。

欧阳清通过对一些企业调查，他认为要建立中国式标准成本会计，需要先解决两个前提条件。一是要健全各项成本管理的基础工作：企业内部管理首先实行标准化。要有先进、合理的定额，健全的原始记录和计划价格以及交易的计量，检验制度等等。与此同时，应适应成本责任的要求，相应地健全管理组织，在职工中树立成本意识，进行各种教育和培训。二是要冲破传统成本核算观念的束缚，改变传统的“差异结转必须与实物运动相结合”的做法，当期差异的结转应与完工产品相联系，以提高成本指标的灵敏度。

结合我国企业具体情况，他提出在实行标准成本会计时应注意以下几点：

（1）将变动成本与固定成本分开来，使成本核算更好地满足成本预测和决策的需要。

（2）加强生产费用日常控制，及时组织成本差异的核算，除了揭示差异额，还要提出差异原因，并定期进行汇总。

（3）加强责任核算，把成本核算和经济责任制结合起来。

（4）加强经济效益的核算，使成本核算能正确地反映本期的经济效益。

（5）账务处理应简化，不必像国外那样，按各成本项目及其差异原因设置各种差异科目，我们只要设置一个“产品成本差异”科目。“产品成本差异”科目应按责任单位设置多栏式明细账，各责任单位按差异原因设置多栏式明细账。超支用蓝字登记，节约用红字登记。

关于成本核算改革和推行标准成本会计问题，欧阳清撰写过多篇文章，其中《关于成本核算与考核改革方向的措施》《关于建立中国式标准成本会计的探讨》（刘永泽）分别提交1985年、1987年中国成本研究会理论研讨会，并由大会推荐给《经济研究参考资料》登载。《成本核算改革新探》（陈福义）、《关于标准成本修改差异的核算》（刘杰）分别刊登于《财务与会计》（1986年第7期与1999年第9期）。这些文章在社会反响较大，很多地方会计学会邀请他做报告，引起人们对标准成本会计的广泛关注。

沈阳友谊机床厂总会计师听了报告后，邀请欧阳清到该厂，希望帮助推行标准成本会计。欧阳清非常高兴他的设想能有实践的机会，于是他同青年教师刘永泽到该厂考察。撰写了《成本核算改革的实践——对中捷友谊厂成本核算工作进一步完善化的几点意见》（刊登于《机床工业财会》），并利用元旦节假日帮助该厂的财会骨干完善《中捷厂标准成本制度》。该厂推行标准成本制度后，经济效益取得显著改善。该项改革被辽宁省机械工业厅评为管理现代化优秀成果一等奖，我国机床工业局也在该厂召开了现场会，肯定中捷厂该项改革。欧阳清也被邀请在大会上作了有关推行标准成本会计的报告，从而使该项改革取得更广泛的影响。

中捷厂因欧阳清等人帮助该厂成本核算的改革，前后两次来学校表示感谢。现列示前后的感谢信如下：

东北财经大学：

随着国家经济体制改革的逐步发展，社会主义有计划的商品经济体制逐步形成，传统的企业成本管理方式已不能满足企业内部管理的需要，为此，我厂在一九八五年着手进行了成本核算方法的改革。在改革过程中，我们得到了贵校欧阳清教授、陈福义老师、刘永泽老师的理论指导。他们所写的论文《成本核算改革新探》《关于建立中国式标准成本会计的探索》为我们建立标准成本核算制度奠定了理论基础，实践证明，他们的理论应用于实践以后，产生了很大的经济效益。

自1986年初在他们的帮助下，我厂实行标准成本制度以来，1986年实现利润1 691万元，比1985年增加利润234万元，1987年预计在消化费用增加投入1 650万元情况下，实现利润1 800万元，将比1986年增加109万元。为此，我们特向贵校领导及欧阳清教授、陈福义老师、刘永泽老师表示感谢。并为他们的理论应用于实践所取得的显著效益表示热烈祝贺。同时祝愿我们在今后的厂校联合，理论与实践相结合的道路上取得更大的成绩。

中捷友谊厂

1987年11月4日

东北财经大学：

为提高企业经济效益，实施企业经济体制改革，我厂财务工作也相应地进行了改革，建立了以推行标准成本会计为核心的管理会计制度，在机床工具行业财会学术研究会第七届年会上得到了充分的肯定，并获得了省机械工业厅的现代化管理成果一等奖。

在这项改革中，我们得到了贵校欧阳清教授和刘永泽老师诚挚的指导和帮助，使我们不但从理论上得到了提高，而且在具体实践中也得到了很多有益的指导方法。在此，我们深切感谢欧阳清教授和刘永泽老师对我们的帮助，并对贵校给予我们的协作，致以崇高的敬意。随函附致省厅成果奖150元（欧阳清教授100元，刘永泽老师50元）

中捷友谊厂

1988年10月5日

欧阳清与东北财经大学77级本科、时任抚顺财政局局长、后任教育部副部长鲁昕（右一）及其女儿、研究所所长合影

欧阳清帮助中捷友谊厂推行标准成本会计取得成功后，抚顺财政局正在帮助水泥厂进行成本核算改革，准备推行标准成本会计，但是在推行中遇到一些难题亟须解决。于是该厂通过财政局长鲁昕（欧阳清执教过的财政77班学生，在2003年后，先后任辽宁省副省长、财政部副部长

和教育部副部长）邀请欧阳清来厂指导。他下午到厂听取厂方汇报后，当晚准备到深夜，第二天上午即进行辅导，解答工厂疑难问题，工厂很满意。因为下午铁岭市工厂领导来，接他去该厂帮助成本管理改革。在路上，厂长和财务科长向他汇报：他们厂成本管理基本情况，有什么难题需要帮助解决等等。当天晚上又准备到深夜，第二天上午对该厂做了怎样提高厂成本管理水平的报告。报告完了马上又坐车从铁岭赶到沈阳做学术报告，当天又坐夜车赶回大连，第二天早上8点给研究生讲课。那时，欧阳清帮助工厂成本管理改革，就是这样马不停蹄、不辞辛劳。

抚顺财政局在推行标准成本会计的过程中，曾邀请东北三省学术界专家来开论证会，从理论上证明标准成本会计切实可行。另一次，参加财政局召开的水泥厂推行标准成本会计现场会。现场会请了财政部司长、研究所四个人，还请一些其他市相关领导来。水泥厂在总结报告中说："在推行时遇到一些难题……这些问题说明标准成本会计的应用还需要解决一些现实问题，我们就请东北财经大学欧阳清教授。欧阳清教授到厂后从理论和实践上给予具体指导，坚定了我们改革的信心，最后几个实际问题都得到圆满的解决。"在大会上欧阳清根据这个厂推行标准成本会计半年实践，总结了十大特点：加强微观管理与适应宏观需求相适应；实行标准成本会计与加强企业基础工作相结合；标准成本管理与工艺改革、技术改革相结合；产品成本核算与责任成本核算相结合；成本差异核算与成本控制、成本分析相结合；标准成本会计与正确反映当期经济效益相结合；标准成本会计与会计电算化相结合；推行标准成本会计与应用行为科学相结合。所以，他认为抚顺水泥厂推行的标准成本会计不是照搬西方国家的方法，而是从我国国情出发，适应现代化大生产和商品经济的一种中国化的标准成本会计，值得推广。现场会议召开后，抚顺市相继有七个厂推行了标准成本会计。

鲁昕

五、创立新课程，将科研成果纳入教材

欧阳清认为，教材内容的充实和新课程的建立应和科研结合起来。

比如他曾在教材里面专门写班组经济核算，而当时一般教材是没有这部分的，“但是我觉得这是我们中国很好的经验。国外专家对我们都很钦佩，这是中国群众性会计，中国成本核算能算到班组这个程度，在国外没有先例，这是我们的独创。国外专家在我们这里调查完了以后，在世界学术会议上介绍我们的经验，但是我国往往忽视我们自己的独创成果，认为它很简单，不能登大雅之堂，但实际上它很能解决问题，所以我在教科书上都写班组经济核算。”

事实上，早在1982年，欧阳清就曾经与王盛祥合作编写了《成本会计》（吉林人民出版社出版）一书，建立了包含成本目标管理、成本预测、成本决策、成本控制、成本核算、成本考核、成本分析等各个方面内容的整个成本会计体系。这本书是我国20世纪50年代教学改革以后这个学科的首版教材，得到了《吉林日报》书评的高度评价，认为建立了现代成本会计体系，填补了学科空白。1993年，中央电视大学把这本书的修订版《成本会计学》（吉林科学技术出版社出版）作为授课教材。之后，欧阳清又对此书加以不断完善和补充，吸收中外最新成本管理成果融入其中，使之既具有实践性，又具有先进性。1996年，《成本会计学》获得了第三届全国财政系统大中专优秀教材一等奖，并作为全国唯一的一本成本会计教材列入财政部“九五”计划重点规划教材。1999年出版的《成本会计》，经过财政部编审委员会审定，向高等财经院校推荐使用。

2001年，为适应会计改革实践，欧阳清等人对《成本会计》一书作了必要的修改和补充，力图展示现代成本会计的内容及其发展趋势，以适应市场经济发展的需要。经国家教育部组织专家评审，认为“教材质量高，有特色”，并向全国高校推荐使用。1998年中国会计学术界为了向建国50周年献礼，由厦门大学和福州大学会计系联合发起，邀请部分教授专家共同编著一部具有专著性质的辞典，定名《会计大典》。全书划分十个分卷，其中第四卷《成本会计》由欧阳清负责，他邀请黄金琳、杨雄胜和栾甫贵参加。欧阳清等人运用自己的科研成果，密切联系成本会计工作实际，对成本会计作了比较明确而周全的阐述，达到有所创新和发展。这套书获得第十二届中国图书奖，被推荐为2000年中国财会十佳图书之首。

欧阳清除了研究以上三方面课题外，还在国家级和省级刊物上发表多篇论文，研究以下课题：成本核算改革原则；强化成本管理对策；我国成本管理现状与改革思路；成本管理改革回顾与展望；成本考核改革方向；责任会计几个理论问题；现代化成本管理理论在我国企业中应用；成本会计的发展趋势及我们的对策；等等。

《会计大典》编委合影

欧阳清科研成果除了在刊物上发表之外，还注意在有关学术会议上做学术报告，以扩大自己研究成果的影响。同时，他认为自己担任辽宁省成本研究会副会长和机械工业会计学会副会长，有责任对辽宁省的成本工作做深层的理论探讨，发挥改革指导作用。1997年欧阳清在辽宁省成本研究会大会上做了《关于成本管理几个问题的探讨》的学术报告，事后，会议组委会认为："这个报告为我们指出成本管理的改革方向，对建立具有中国特色的现代化成本管理方法体系，正确评价我国传统成本管理等问题，对实行目标成本管理，推行标准成本会计制度，建立责任成本制度，责任成本和产品成本怎样结合，以及班组经济核算等问题做了精辟而系统的阐述。为我们实际从事成本管理工作者和成本理论教学研究工作的同志，提供了改革的捷径和可以借鉴、学习的思想理论基础，也可以说对我省近年来成本管理工作做了一个比较切实的基本总结。我们可以在此基础上进行成本管理改革的争鸣和创新。"

六、企业诊断：成果转化，实现共赢

20世纪80年代，中国的企业咨询才刚起步，欧阳清已开始带领青年教师为企业诊断问题。过去他们去企业实习和调查，企业觉得麻烦，只进行一般性介绍，要深入了解一些问题，企业工作人员常因工作忙而推脱。现在他们去企业诊断，帮助企业解决实际问题，厂级和各部门领导、车间领导、有关人员都积极主动向他们汇报和交流情况。所以，企业诊断加强厂校联系，有助于他们深入实践了解问题，打开了寻找科研方向的突破口，又为培养优秀研究生和青年教师提供了实践平台。当然最受益的还是企业，因为通过企业诊断，为这些单位管理改革、提高企业管理水平指出明确方向，也有助于提高企业经济效益水平。例如，东风汽车集团朝阳柴油机公司的副总理来信说："感谢你们对我公司工作的支持和关心，盼望欧阳老师有时间多来我们朝阳，到我们单位指导，帮助公司把管理工作做得更好。"

企业诊断可分为调查、研究、写诊断报告和宣读、讨论和落实报告四个阶段。调查是基础，只有摸清企业情况，才能心中有数，有的放矢；研究是核心，通过诊断组讨论，可了解企业的薄弱环节，也可决定采取哪些措施强化企业管理，提高经济效益；宣读报告是开花结果，务必请单位领导、各部门领导、相关人员和工人代表参加，对报告进行讨论评价、研究如何落实报告和提出措施。几年来，欧阳清等人先后对朝阳工程机械厂、朝阳柴油机厂、沈阳中捷友谊机床厂、大连柴油机厂和大连创新机械厂等企业做了诊断，取得预期的效果。他们对某机械公司的诊断报告见附录三。

第七章 会计世家：一门俊杰，三代财会

欧阳清是全国著名会计学家，他的姐姐、姐夫、爱人、妹夫一生也从事会计工作。不仅如此，受欧阳清的影响，他的女儿、儿媳、孙女、外孙等人也都在各个行业从事着会计方面的工作。可以说，欧阳清的家庭堪称“会计世家”。

欧阳清的姐姐欧阳冬光新中国成立前毕业于福建省立高级商业职业学校会计专业，后在江南造船厂从事会计工作。他的姐夫朱耀观也是高级会计师，终身在江南造船厂担任成本会计。正是受到他姐姐的影响，欧阳清初中毕业后，报考了高商这所学校并开始接触会计学科。

欧阳清的爱人邵爱琴1952年从上海考入东北财经学院，1956年毕业后到沈阳东北有色金属矿务局做会计工作，之后调到大连轧钢厂，先后从事成本核算、分厂主管财务副厂长，直到以高级会计师、总会计师的身份退休。在欧阳清教学和科研的过程中，她在实践案例搜集、书稿整理校对、学生实习安排等方面给欧阳清提供了巨大的帮助。

欧阳清的妹夫谷祺1952年毕业于上海圣约翰大学经济系，后到东北财经大学任教。长期从事财务学的教学和科研工作，是我国著名财务学家、博士生导师。1994年获得国务院特殊津贴奖励。他儿子谷澍原从上海交通大学本科毕业，后改学会计获得东北财经大学硕士学位和上海财经大学博士学位。现任中国工商银行总行行长。

牛彦秀，欧阳清的儿媳妇。1985年毕业于辽宁财经学院工业会计专业，获得经济学学士学位。1988年7月研究生毕业于东北财经大学会计学专业，获得经济学硕士学位，留校任教至今。现为东北财经大学教授、硕士生导师，曾任会计学院财务管理系副主任。她是东北财经大学“管理会计理论与实务”专业硕士研究生精品课的负责人，国家级共享视频课“管理会计”的第一主讲教师，网络学院国家级视频课程负责人，大连

大兴会计咨询公司管理会计咨询专家。2001年被评为“辽宁省普通高校优秀青年骨干教师”。主要研究领域为管理会计、成本管理和财务管理。公开发表省级以上学术论文50余篇，其中有四篇论文获得辽宁省优秀论文二等奖、三篇论文获得辽宁省优秀论文三等奖、一篇论文获得大连市优秀论文二等奖。代表作：《管理会计、成本会计、财务管理内容交叉问题的探讨》《从管理会计的发展阶段划分看管理会计学科体系的重构》《工程项目延期总部管理费用索赔核算问题研究》等等。主编《管理会计》《财务管理》《财务学》《实用成本核算会计》《会计基础知识及应用》等著作20余部，主持课题研究4项，参加国家级、部级科研课题研究3项，省级科研课题研究10余项。参与的“公司财务管理课程网络教学资源整体解决方案”，获得辽宁省优秀教学成果一等奖；参与的“科学整合会计学科教学资源，精心打造系列国家精品课程”获得辽宁省优秀教学成果三等奖。曾为大连华锐重工集团、兵器工业集团、大连简伯特、会计培训中心事业单位班、河北财务系统、吉林省财政厅等十余家单位做管理会计专题讲座，深受培训单位欢迎。

欧阳静，欧阳清的小女儿，大学读的是化工专业，毕业后在一家公司做化验工作，助理工程师。后来欧阳清劝她改学会计，于是她利用业余时间，在东北财经大学夜大会计系学习。毕业后，在大连台湾汉威金属有限公司从事成本会计工作，不久通过考试取得会计师职称，并在东北财经大学酒店学院兼职工程会计。2000年以后，先在上海东方货运代理有限公司担任会计主管，以后到上海市新华人寿保险公司从事会计工作。2006年到美国伍斯特工程管理学院进修研究生会计课程。2010年去加拿大，在一家药品公司从事成本会计并兼任药品检验。

王明磊，欧阳清外孙。欧阳清希望他一生光明磊落，所以取名明磊。他在选择大学的专业时，放弃了澳门大学、香港理工大学等其他专业的录取通知书，选择了会计学专业。2008年毕业获得上海外国语大学会计专业学士学位，并于当年赴美国圣约翰大学继续深造，于2010年获得会计学硕士学位。受外公的影响和熏陶，王明磊坚定了从事会计事业的方向，立志在成本会计方向有所建树和发展。硕士毕业后，王明磊于2011年成功受聘到纽约美国太平洋有限公司（Pacific American Corporation）工作。2017年底获公司董事会提拔，晋升为公司财务总监。

欧阳安琪，欧阳清的孙女，澳大利亚注册会计师。2014年7月本科毕业于东北财经大学会计学专业，获得管理学学士学位；2016年7月研究生毕业于澳大利亚墨尔本大学会计学专业，获得硕士学位，现就职于澳洲墨尔本一家私企从事会计工作。本科期间，是东北财经大学风云人物，曾获得“辽宁省政府奖学金”、东北财经大学“三好学生”荣誉称号；两次获得“德智体全面发展校一等综合奖学金”；获得东北财经大学第五届“学风建设月”计算机应用知识竞赛一等奖。她不仅在学业上有所成，而且在体育上也是一马当先，曾获得第九届“东财杯”乒乓球比赛女子团体第一名。在澳大利亚学习期间，半工半读，考取澳洲注册会计师。工作期间，虚心好学，勤于思考，较短时间内胜任本职工作，并得到领导的认可，升任会计主管。

2005年，欧阳清夫妇与大女儿（左一）、小女儿（右一）合影

2016年，欧阳清夫妇与儿媳（左一）和从美国回来的外孙（右二）合影

2018年元旦，孙女从澳洲回沪探亲与奶奶合影

第八章　夫妻恩爱，白头偕老

1952年，欧阳清从复旦大学毕业，分配到辽宁财经学院执教。同时，学校从上海等地招收第一批学生，邵爱琴也是其中一位，恰好分到欧阳清辅导会计课程的班级，由于都是来自上海的，不久他们就熟悉了。

邵爱琴是上海人，对北方的气候、水土不适应，吃不惯粗粮，入学没多久胃就开始不舒服，经常胃痛，同宿舍的学生就赶紧把这件事告诉了欧阳清。欧阳清是一个教学非常认真、对学生也非常关心的老师，听说邵爱琴生病就非常关心她的饮食，悉心照顾，这样邵爱琴的身体逐渐好了起来。与此同时，邵爱琴内心深处也对这位23岁的忠厚、稳重、教学认真负责、在学生中很有威信，而且同样在上海生活过的“同乡”老师产生了一丝情愫。

1953年1月寒假，欧阳清教研室的一位上海的老师结婚，他邀请邵爱琴参加婚礼，途中他向邵爱琴表达了爱慕之情，邵爱琴欣然接受。从此两人假日经常看电影和逛公园。随着时间的推移，在互相帮助和交流中，两人感情日渐加深，并确定了恋爱关系。

1955年暑假，两人都回上海度假，并分别向双方父母做了介绍，得到老人的赞许，双方家人也见了面，并希望邵爱琴毕业后两人结婚。

但是，非常不幸，在“肃反运动”中，欧阳清被错误批判，1956年2月，受到留团察看处分，班级团支书就找到邵爱琴，质问道：“你在跟谁处对象？”邵爱琴不明所以，只得老实回答道：“欧阳清。”团支书听到后顿时厉声道：“你怎么能和一个白专的人处对象呢？马上和欧阳清划清界限。”邵爱琴虽然表面答应了团支书的要求，内心深处却不以为然——她是知道欧阳清被开除团籍、留团查看的事，但她并不认为欧阳清研究学问、爱学习是错误，反而觉得这更是欧阳清的优点。她也知道，违背团支书的决定，将要影响她的前途。本来她的学习非常优秀，系主任对其赞赏有加，当时甚至可以留校当教师。由于受这件事的影响，她只好割舍自己的愿望，决定到基层工作。据说系主任由于提名她留校，预备党员也因此没有按时转正。经过深思，邵爱琴觉得自己应该在欧阳清最困难的时刻支持他。于是，邵爱琴找到欧阳清，向他表示“欧阳清，我们结婚吧”。这对当时的欧阳清来说是一种莫大的支持，内心也不再孤立无援。

1956年3月10日，欧阳清与邵爱琴举行婚礼的那一天，欧阳清所在系的老师和邵爱琴大学同班同学都来参加，陈校刊记者还来摄影，幸好欧阳清领取了300元稿费，相当于他三个月工资，足够应付婚礼和结婚的必要开支。于是两个人就简简单单在学校分配的半间宿舍（一间屋分隔居住两家）和简单家具（一张大床，一张书桌和一把椅子）的简陋环境下，开始婚后生活。

不久，邵爱琴毕业，分配到沈阳东北有色金属矿务局财务处工作。第一个月领到工资后，两人商定今后欧阳清的工资全部寄回家，负担父母生活开支。邵爱琴非常贤惠，从此几十年一直这样做，即使有了三个小孩后，也是将欧阳清全部工资寄回家，负担家用。欧阳清经常出差，邵爱琴一直是学校发工资当天寄回上海，不仅如此，邵爱琴还亲自织了一件厚毛衣送给公公御寒，还支持欧阳清为母亲镶最好的假牙、配最好的进口助听器，给上海家里安装电风扇和吊扇等。特别令人赞叹的是，邵爱琴对欧阳清的妹妹也非常关心和体贴，有一次欧阳清父亲生病，医药费需子女分摊，小姑负担有困难，尽管欧阳清家庭并不富裕，但邵爱琴还是决定，小姑的医药费由她支付，其他兄弟姐妹都十分感动。欧阳清妹夫谷祺腰疼长期卧床，邵爱琴每天下班后即去按摩一小时，时间长达一年之久。同为复旦毕业的蔡寅二老师的岳母生前患病打针也一直由邵爱琴负责，她助人为乐的动人事迹，亲友都十分赞赏。

1972年，全国各地普遍开展土地深翻运动，欧阳清作为知识分子也参与到这场运动之中。只是没过多久，欧阳清由于水土不服和不习惯吃粗粮，再加上劳动过重，就开始胃出血，亟需做手术。邵爱琴看到欧阳清的状况，赶紧联系医院。当时，辽宁省并不具备相应的医疗条件。要想很好治疗，只能送到上海的医院动手术。但是，按照当时的规定，如果要出市，不仅需要卫生所、合同医院、市卫生局、学校、系等部门领导同时签字，还要能够买到前往上海的船票，这可急坏了邵爱琴。就在这时，平日里与欧阳清、邵爱琴关系不错的康医生伸出了援手，答应尽力帮忙想办法。最后，两人决定分头行动，由邵爱琴请校医和系领导签字；康医生则负责校外医院和市卫生局签字，并解决船票的问题。经历了很多关，邵爱琴终于拿到学校有关领导的签字；康医生也得到校外各方的批准，虽然没有搞到船票，但托关系同意欧阳清先上船后补票，但必须在第二天早上七点半之前把人送到海港码头。万幸的是，第二天早上，天还未启明，邵爱琴便把欧阳清送到了海港码头，由康医生带着上了客船。分别之时，邵爱琴抓着欧阳清的手，一再叮嘱："现在传染病太多，你一定不要输血，一定要等我回去再手术。"然后，就目送他离开了码头。

邵爱琴回到家里的时候，刚过九点。这时，军代表突然找上门，见欧阳清并没有在屋里，便质问道："欧阳清哪去了？"邵爱琴知道欧阳清已经走远，便老实回答道："回上海做手术去了。"军代表顿时火了，质问："谁给他的权利让他现在回上海做手术的？为什么不等我批准？"邵爱琴一听也上了脾气，语气强硬地说："这是胃出血，人命关天的事，能等吗？你不同意，就赶紧派人开着快艇去追！"几天之后，邵爱琴回到上海，立即去医院陪护欧阳清做手术。在做麻醉的时候，医院原拟用针刺麻醉手术，并说会有随同美国总统访问的美国记者来现场参观摄影。欧阳清忧虑，如果手术时喊疼痛怎么办？所以坚决拒绝！经协商改为中药麻醉，效果也很好。

手术的过程是漫长的，也是煎熬的——手术从上午九点开始，将持续五个小时，到午后一点的时候，别的患者都陆陆续续地从手术室中被推了出来，唯独不见欧阳清出来，这令邵爱琴非常担心。她站在手术室门口，眼睛直直地盯着手术室，生怕错过一个走出手术的人。她的手里出满了汗，不断颤动的两腿显示着，此刻她内心的万分担忧。又过了一个小时，到下午两点的时候，欧阳清终于被推了出来，邵爱琴紧绷的心弦终于松了下来。由于在手术过程中没有输血，欧阳清手术后严重贫血。为了给欧阳清补充气血、调养身体，邵爱琴想尽了各种办法，除了经常做一些补充气血的食物比如猪肝，她还托人买海参补养。在邵爱琴的悉心照顾下，欧阳清的身体很快好转，没过几天就能下地活动了。不久之后，两人便一起回到了大连。

欧阳清和邵爱琴工作上互相支持、互相帮助。当然，欧阳清的身体能够如此好，自然少不了爱人邵爱琴的悉心照顾。此外，邵爱琴还是他事业上的好帮手、好伙伴。欧阳清是一个特别注重"课堂理论结合工作实践"的老师，经常带领会计系学生到工厂实习。邵爱琴便主动帮欧阳清联系各部门车间，给学生安排实习岗位。欧阳清的课程一直以"实践性强"而著称，这与邵爱琴的支持也有很大关系。此外，欧阳清在长期的会计研究中取得了很多成果，写了很多论文和书籍，邵爱琴不仅帮他整理、抄录和校对，还利用自己长期在工厂从事财务工作、有丰富的会计实践经验的优势，为他提供了许多实际案例。她还常常把欧阳清的研究成果带入实践检验，帮助他纠正了一些不符合实际的观点。欧阳清在东财大被誉为“能够一年完成了十年的工作量”，与邵爱琴的帮助密不可分。

1996年，欧阳清夫妇于大连家中留影

欧阳清坚持捐助，邵爱琴一直坚决支持。不仅如此，她本人也力所能及来捐助，例如居委会受红十字会委托进行募捐，欧阳清捐了二百元，邵爱琴得知此事后，捐了三百元，是捐献最多的业主之一。物业为美化家园，号召业主捐献，她也积极响应，物业特为他们夫妇摄影留念。

▲2016年，欧阳清夫妇在所赞助的沪寓大门口爱心花园合影

邵爱琴对待自己工作坚持原则、严于律己、认真负责。她担任分厂主管财务的副厂长时，工厂效益很好，积累了很多资金，有些领导主张，作为奖金分给职工，但她坚决反对，主张将这笔资金为来厂知青盖一座宿舍大楼，由于她的坚持，这笔资金最终用于盖宿舍大楼，使众多来厂知青分到住房，得到群众的好评。

2007年，欧阳清夫妇在旅游时合影

2009年，欧阳清夫妇于上海留影

邵爱琴对子女也认真培养、严格要求。儿子学英语，发音不准，她特请东财大英语老师进行辅导。经过一年的培养，儿子英语水平迅速提高，大学毕业从教以后，参加辽宁省英语教师比赛获奖。孙女大学毕业后，希望出国深造，她也极力支持，并在物质上给予支持，使她能专心读书，终于按期毕业，取得硕士学位，并考取澳大利亚注册会计师。邵爱琴是受晚辈敬重的妈妈和奶奶。

家和万事兴，在邵爱琴的精心操持下，欧阳清的家庭成为幸福之家，他们夫妻虽都已高龄，但一直恩爱如初！让我们衷心祝福他们寿比南山，福如东海！

2016年，欧阳清夫妇于夫人生日合影上海

2017年，欧阳清夫妇合影于上海

第九章　个人与他人评价

一、个人评价

退休以后，我教过的学生见到我之后，就经常问我："欧阳老师，您现在都80多岁了，怎么看着比30多岁的时候干劲还大啊？"我笑笑没有言语，我到2004年退休，在退休前自己是努力工作的。我们会计学院的总支书记的一首诗里有两句"人生即隐仍不休，生命七十才开始"，我觉得非常好。当时我也写了一首诗来勉励自己。

夕阳未必逊晨曦，耄耋之年奋蹄飞。
矢志引驹驰千里，丹心赤胆献科教。

我这一生在党的培养教育下，尽心尽力地工作，同时我的人生也很幸运。我们学校党委和校办曾经写了《关于向欧阳清同志学习的决定》的材料，还报到财政部教育司、人事司、辽宁省委宣传部、大连市委科教部、大连市总工会、大连市教育工会。所以，我能够评为辽宁省优秀共产党员、获得"全国五一劳动奖章"，是跟学校积极推荐分不开。另外，大连市政府还评我为"劳动模范""模范教师""精神文明积极分子""优秀专家"，国务院还给我发了特殊津贴以表彰我的贡献，大连市"城市百年城雕"上也铸有我的脚印。大连市政府还奖励给我了一套科学家公寓，在中心区，118平方米，交通四通八达，邻近中山公园，不仅位置选得特别好，而且都给我装修好了。我刚刚搬进去的时候，我爱人还说我们第一次住这么好的房屋。当时，财政部一位司长到我家，看到房屋后就说："你们家里还有独立餐厅啊，我们在北京独立餐厅也是不多见的。"那会是1995年。现在我每年夏天都回去住一段时间，因为夏天大连比较凉爽。应当说，大连市政府和学校对我是非常关心的，我回上海定居后，学校退休处领导还亲自来慰问！

总地来说，能够生活在现在这个好时代，我觉得我比我的许多老师都要幸运。他们没有见到现在这种盛世，而我却能够在盛世中工作、生活。我感到非常幸福。

关于我个人的评价，可见《大连市老教授老专家为科教兴国做贡献汇报会》文集上我的汇报：《献身科教，永奏进取乐章》。

献身科教，永奏进取乐章（摘要）

各位领导，同志们：

你们好，作为新中国成立以后，党培养的第一批知识分子，我于1952年从复旦大学毕业，今年67岁，40多年来，一直在东北财经大学从事教学工作，现在仍奋斗在教学和科研的第一线。

我教过的本科生研究生已遍布全国各地，他们有的担任了领导职务，有的是学术上的尖子，还有的在基层工作。我的一些论文和主编的教材也多次在省级、国家级评选中获奖，为建立健全具有中国特色的成本会计和经济分析做出了贡献。

在教书育人与科学研究的过程中，我根据自己的实践，总结出一些经验，与各位同志交流，以便相互学习，取长补短，也诚挚地希望同志们提出建议和意见。

一、严谨治学、惜时敬业

在科学的道路上，没有任何捷径，更来不得半点马虎。作为一名教师，欲授学生以杯水，首先自己要做溪流。厚积薄发，才能从容不迫，融会贯通。因此，我总是保持严谨的治学态度。对待时间，则是“惜时如金”，给学生以较好的影响。

对于教学，我一贯认认真真、一丝不苟。我总想让学生学得多一点，新一点，深一点。为达到这一目标，一方面我要研究国内外近期学术动态，另一方面要根据国家经济体制改革和教学改革需要，亲自到基层调查研究。例如，在上《经济效益审计》这门课时，时间很紧迫，又是临时任务，但我还是挤时间到沈阳、鞍山、上海的审计部门和沈阳重机厂、鞍钢等企业调查，编写案例，这种理论联系实际，教学注重实务操作的做法深受同学欢迎，他们评价说：“欧阳老师的每一节课都不落俗套，内容生动，有新意，有价值。”

严谨治学的另一方面，就是对学生严格要求。为了加深加强学生对知识的掌握，我采取堂堂提问、段段测验、期末总评的方法，避免前松后紧。试题出一些思考性、对比性、综合性较强的题目而不是照搬书本上的习题。

在学生实习方面，我力图改变传统的一听二看三写实习报告的文科实习方式，组织学生在充分调查的基础上，为企业设计标准成本制度，收到较好的实习效果，社会对此也给予了较高评价。

为加强理论联系实际，使在校期间就能系统地学习会计理论，扎扎实实地掌握技能，我还组织建立了会计模拟实验室，并取得一定成就，为会计教学改革创出一条新路，该项教学改革先后获得省级优秀教学成果一等奖和国家级二等奖，全国财经院校只有两个项目获得此项奖励。

我在教学与科研的同时，还从事繁忙的社会工作。现任中国成本会计研究会常务理事，辽宁省成本研究会和机械工业会计学会副会长，中国中青年财务成本研究会顾问等职。因此，惜时如金，已成为我的一种习惯与原则。为了节省时间，外出回校，往往坐夜车，节假日也从不休息。日久天长，由于工作强度过大，身体素质下降，但我尽到了作为一名人民教师的职责，无憾无悔。

二、为人师表，以身作则

身教重于言传，以身作则，为人师表是一位教师必备的品德，也是搞好教书育人工作的重要条件。教师只有严于律己，才能严格要求学生，才能使学生信服。唯有如此，才能在师生中有影响力、吸引力和凝聚力。

……我在领导同学生产实习或下厂调查研究时，经常有些单位或部门邀请我做报告，之后总要付报酬给我。我告诉他们："如果报告对你们有帮助，那就是我的最大安慰和满足，这是金钱所无法衡量的。"就这样，报告费被我一一谢绝了。同时，我也要求学生在实习单位搞设计、规划时不要报酬，厂方对此深为感动。

再有，近几年来，全国各地所办的"财会班"很多，也有不少单位登门以重金相聘，我总是婉言谢绝。比如说，一次某单位与我联系，利用暑假授课，报酬五千元。我谢绝了这一邀请，却愉快地接受了系里安排的外出教学任务，并帮助抚顺财政局召开标准成本理论讨论会……

三、坦诚相待，益友良师

目前，高等院校师生之间，老教师与青年教师或学生之间缺乏沟通与交流似乎成为一种普遍现象。但我认为，只要双方将心比心，坦诚相待。这种障碍是完全可以克服的。事实上，青年教师和学生在生活和学习中存在诸多困惑，他们需要也渴望得到老教师的关怀和指导，特别是那些遇到挫折和困难的青年人更需要老师的安慰，别人的理解。

有一位男同学因打麻将而被处以留校察看处分，思想负担相当沉重。我知道这一情况后，及时找他谈话，指出他的优点和长处，也推心置腹地指出他的缺点，劝慰他正确对待学校的处分，并鼓励他放下包袱，以实际行动来证实自己思想态度的转变。这位同学受到感动，走向工作岗位后，还与我保持联系，向我汇报工作和生活情况……

除此之外，我还参加校学生经济学会活动，给学生上党课等。同学经济上有困难，我慷慨解囊，同学生病住院，我几次抽时间去探望。正是通过这点点滴滴，我加强了与学生的联系，密切了师生感情，成为他们的朋友。

四、致力科研，深化教学，促进社会经济发展

在教书育人，做学生的良师益友的同时，我还致力于学术研究，为企业发展，经济繁荣出力献策。多年来，我在进行科学研究时做到以下几点：

1. 理论联系实践

实践是检验真理的唯一标准，为免于纸上谈兵，我经常下工厂搞调查研究，并从理论高度总结工厂经验，这样写出的论文往往能经得住时间的检验。

2. 将理论研究成果转化为生产力

科学技术是第一生产力。把学术成果转化为生产力还需要一个过程。对此，我主动与工厂联合，推广新的现代化管理制度。如沈阳中捷友谊厂运用“标准成本会计”，之后，取得了良好的经济效益。其次，我通过技术指导，帮助单位解决困难，把知识和技术转化为生产力。例如，我应邀帮助抚顺财政局解决推行标准成本制度中遇到的难题，使抚顺市推广标准成本制度由点到面，取得较好效果。财政部与抚顺市领导对理论界和实际部门相结合的做法给予了很高的评价。此外，我还通过学术报告传播研究心得。

3. 创立新课程，把科研成果纳入教材

我认为，科研—实践—教材更新三者应紧密结合。如果能针对课程体系中薄弱环节，作为研究课题，并将经过实践检验的科研成果及时转化为新的课程或更新课程内容，传授给学生，而学生应用这些最先进、最

有生命力的理论来指导实践，则会很大程度地加快知识的更新与发展，从而促进企业管理水平的腾飞……

……在过去的四十多年里，我在教育战线上做了一点贡献，党和人民给了我很高的荣誉。盛名之下，其实难副。我时时牢记李岚清副总理在我们毕业四十周年同学聚会时所作七律中的一句："吾辈老骥虽伏枥，犹需引驹驰千里。"为人民教育事业贡献自己的智慧和力量，也以此与在座的各位专家教授共勉。谢谢大家。

1996年12月15日

二、他人评价

这里选取欧阳清的同事、学生及一些社会人士的评价作为代表，以做映照。

东北财经大学会计学院院长刘永泽："欧阳老师是我们会计学院颇具威望的学术带头人。他学术精湛、品格高尚、和蔼可亲、平易近人、淡泊名利，潜心治学，多次被评为我院和市省全国优秀教师、优秀党员，是我们的榜样和骄傲。"

上海市浦东新区网友："在这里看到关于欧阳老师的文章，非常感慨。欧阳老师不论在中国会计学界，还是在东北财经大学，都是真正德高望重的前辈和标杆式的人物。当年我在东财会计学院求学时，每逢欧阳老师上课，教室里永远人山人海，说不清多少人去听课、多少人是去'朝圣'的（记得当时他的成本会计课只是给我们一个小班（30人）开设的，但学院却直接分配了一个80人的教室，结果还是有很多旁听的同学老师不得不站着听课）。在东财时，遇到的人只要提到欧阳老师，对他的学品人品都会赞不绝口，而且每个人都能说出一两段故事，因为有太多人得到过他的关心和帮助。记得那时各高校还没有强制要求教授给本科生上课，但欧阳老师年近七旬却总是风雨无阻地给我们讲课，从未中断。上课时感到他的案例非常丰富，而且都是他亲自带学生下厂调研的一手材料，对我们学习的帮助非常大。而今天读了这个报道才知道，他不仅是带学生去企业调研，而且还直接推动企业改革成本会计制度，这些企业也因此获益。这才是真正的'知行合一'，不知今天中国大学里还有多少人能做到。"

陆建桥[1]、俞奕鉴:《一代尊师 青年挚友》(摘录):"欧阳清教授讲课内容生动,不落俗套,富有新意,很受学生欢迎,大家也愿意听。针对这种状态,欧阳清教授经常通过对比分析,把加强思想教育和理论教育渗透到专业知识当中去,通过经济现象揭示社会本质,澄清了学生的模糊认识,提高了学生分析问题、解决问题的能力。

欧阳清教授总是把关心青年学生思想进步作为自己的头等大事。曾经有一段时期,部分学生缺乏远大理想,对要求进步信心不足,他就主动为学生讲党课,给学生们进行了一次意义深远的思想教育,坚定了他们在求学成才道路上不断奋进的信心,取得了十分令人满意的效果。

欧阳清教授作为一名老教学工作者,深切地感到教育不光是课堂上的简单授课,更重要的是要培养学生的独立思考、分析问题的能力、实际操作能力和科研能力。为此他总是尽可能多的利用各种机会带学生下工厂,搞调查,巩固课堂知识,并引导学生发现问题、解决问题。对学生实习,他更是倍加重视,无论从实习方案的制定,到实习报告的完成,欧阳清教授都亲自严格把关,精心指导,取得了良好的实践效果。1987年,欧阳清教授带领会计83级的学生到大连服装机械厂实习,当他看到该厂的成本管理有待改进,他就引导学生理论联系实际,在搞好调查研究的基础上,为该厂设计了一套完整的标准成本会计制度,为改革企业成本管理打下坚实的基础。这样的实习,工厂满意,教师满意,学生更满意,学生无论是业务水平,还是政治觉悟都有很大提高。

光会思考,光有理论和实践还是不够,还得学会总结和归纳,还得把自己的独到观点行之成文,加以推广。欧阳清教授对待学生就是那么严格要求,他认为一个优秀人才应该是'理论—实践—科研'三者循环的结合体,任何环节都不能缺少,所以在培养学生学好理论、打好基础之上,他积极引导学生开展科研活动。一些学生在他的引导下走进了经济学研究广阔天地,并在各级刊物上发表论文。

如今欧阳清教授培养起来的本科生、研究生中已有一大批活跃在会计学理论的前沿,为我国会计学理论的研究和会计管理的发展起了很大推动作用,至于由此而产生的社会经济效应更是无法估量,而这所有成就的取得又哪一项不凝聚着欧阳清教授的呕心沥血啊!"

东北财经大学会计学院(1998年11月14日):"欧阳清同志现任东北

---

1 陆建桥现在英国伦敦工作,担任国际会计准则理事会理事(中国代表)。

财经大学教授，南京理工大学兼职教授，三友会计研究所顾问，中国成本研究会常务理事，辽宁省成本研究会和机械工业会计学会副会长，以及大连市企业财务研究会会长。曾任东北财经大学会计系副主任和辽宁省会计电算化软件评审委员会副会长等职。1980年以来，公开出版专著三本、教材及工具书二十余部，其中个人编著的《工业经济活动分析》、主编的《成本会计学》、参编的《工业企业财务管理》获得财政部优秀教材一等奖或二等奖；主编的《企业经济分析学》获一九七八——一九九六年度大连市优秀著作奖。在《会计研究》《财经问题研究》《财务与会计》等刊物上发表论文七十余篇，共获得国家级和省级优秀成果奖十六项，其中《会计教学改革的新路》获一九九三年国家级优秀教学成果奖二等奖（全国财经院校仅获得两项二等奖），《成本目标管理的理论与实践》获得国家教委人文社会科学优秀成果奖二等奖（辽宁省仅获得七项二等奖）。这些论文对成本管理和经济分析方面提出许多新见解，为我省成本管理改革做出了积极贡献。

1998年完成重要项目有三项：①统编教材《成本会计学》主编，已由财政部统编教材审稿会（1998年10月）通过；②《会计大典》第四卷《成本会计》主编，已向中国财政经济出版社交稿；③《成本管理理论与方法研究》，已由东北财经大学出版社出版。

由于欧阳清教授在会计教学研究领域辛勤耕耘，取得了丰硕成果，先后三次被评为大连市和辽宁省优秀党员；屡次被评为大连市、辽宁省和财政部优秀教师及全国优秀教育工作者；多次被评为大连市、辽宁省、全国财税系统、全国财政系统劳动模范；荣获过大连市优秀专家称号、全国五一劳动奖章和国务院为发展我国教育事业做出突出贡献而颁发的政府特殊津贴证书。”

东北财经大学会计学院党总支（2000年6月11日）：“会计学院欧阳清同志，1952年复旦大学毕业后，一直执教于我校，为我国会计教育事业已经奋斗了48个春秋。1999年以来，他又为党和人民做出新的贡献。

一、呕心沥血，教书育人

1999—2000学年，欧阳清同志曾先后为会计系研究生和本科生授课，并承担大连、深圳在职研究生《成本会计》的讲课任务，指导三个年级七名硕士研究生。在教学中他坚持‘在教书中育人，在育人中教书’的全方位教学思路，把教书与育人有机结合起来。他结合自己经历，利用一切机会教育学生热爱党，努力学习；通过讲授工资核算、货币业务，澄清学生模糊的认识，加深了对党的路线、方针和政策的认识；通过讲授货币资金和会计人员职责告诫学生严守职业道德，在思想上要经受金钱、名利的考验。他坚持理论联系实际、严谨治学，及时吸收理论界科研成果和实践中新鲜经验，不断更新教学内容。他对研究生的培养更是孜孜不倦，亲自带领他们深入实践调查研究，而且还积极为他们创造条件到上海由企业补贴进行实习，为撰写硕士论文奠定坚实基础。由于他对所带研究生在学业、思想和生活上全面关心，为他们排忧解难，从而给教过的学生留下深刻的印象。这些学生毕业后经常来信或电话汇报自己工作的成绩并表达感激之情。例如现在上海财大攻读博士学位郭永清（注：郭永清现是上海国家会计学院教授）同学来信说：'从本科时起，您就一直如慈父般地帮助我、照顾我、关怀我，而我却无以为报，只有加倍努力。看到您的著作，我就想起您孜孜不倦刻苦钻研的精神。您的累累硕果是数十年的精力和心血凝聚而成。我只有以您为榜样，力求出更多更好的成果，不辜负您的期望。希望欧阳老师今后继续给予我教诲、指导和帮助，督促我在学业上取得更大的成绩。'

二、科研领域辛勤耕耘，取得了丰硕的成果

欧阳清同志多年来致力于成本管理的科学研究，并取得了突出成就。1999—2000学年公开出版著作有以下几项：

（1）《成本会计学》，东北财经大学出版社出版，1999年9月第一版。该书经财政部组织专家审稿，认为是一本高质量的教材，适应了教学改革的要求，并经财政部编审委员会审定，作为全国财经类通用教材。获得会计学院优秀教材一等奖。欧阳清同志是该书主编，个人撰写25万字。

（2）《成本管理改革的回顾与展望》，见《会计学论文选》，中国财政经济出版社，1999年10月第一版，该文曾获得中国会计学会优秀论文二等奖。

（3）在全国性刊物《财务与会计》1999年第9期和第11期上发表两篇论文，其中《成本会计发展趋势及我们的对策》是该杂志特约稿，作为世纪之交名家谈；在《辽宁财税》1999年第9期上发表论文《成本核算原则探讨》；在《中国财经报》（8月25日）上发表论文《邯钢制造费用核算》。这些文章丰富了成本管理理论，对成本管理改革实践起了很好的指导作用。

欧阳清同志在理论研究的同时，十分注意与实践相结合及科研项目的应用效果。1999年10月他应上海大唐移动通信设备有限公司的邀请，作了关于成本管理改革的学术报告：2000 年上半年，他先后主持了东风汽车集团朝阳柴油机公司和长汽集团大连柴油机厂以及大连创新实业公司成本管理诊断，撰写了考察诊断报告，为这些单位成本管理改革指出明确方向，获得企业好评。朝柴主管财务副总经理来信说：‘感谢你们对我公司工作的支持和关心，盼望欧阳老师有时间多来我们朝阳，到我单位指导，帮助我把公司财务管理工作搞得更好！’实践证明，欧阳清同志科学研究方式，为高等财经学府探索出一条独特的理论研究成果转化为生产力的新路，取得了良好的社会效益。

年近古稀之年的欧阳清同志，经常以‘人生期颐仍不休，生命七十才开始’的信念自勉，始终把党和人民利益放在首位，严于律己，公而忘私，乐于助人。如今精力依然充沛，工作热情仍然很高，永存着为人民服务、对教学高度负责的可贵精神，决心为人民教育事业继续贡献自己的智慧和力量！”

第十章　退而不休，继续奉献

1990年，欧阳清年满60岁，按照国家规定可以办理退休手续，但他自己觉得“老当益壮”，愿意继续为教学做贡献，接受了学校的挽留，继续担任研究生教学工作。2000年，欧阳清年满70岁，早已桃李满天下的他，又一次接受了学校的挽留邀请，继续担任研究生的教学工作。2004年，欧阳清从东北财经大学正式退休，回上海定居。但是，他仍然“退而不休”继续发挥余热。

2016年，乔剑及其女儿拜访欧阳清于沪寓客厅合影

1. 修改首都经贸大学出版社出版的《成本会计学》

第一版是2002年撰写的，他是遵循《21世纪高等院校会计学专业精品系列（案例）教材》的基本思路编写的。这套丛书要求将专业知识讲述和案例展示结合在一起，在当时尚不多见。丛书由十三本教材组成，其中《成本会计学》由欧阳清联合南京大学杨雄胜教授担任主编，在撰写过程中，江苏、上海、大连、河北、江西等地企业大力支持，首都经济贸易大

学出版社乔剑同志做了大量工作。所以，这本书是在过去撰写相关著作的基础上，吸收那几年科研和学术成果，经调查研究而撰写成的。该书出版以后，被一些高校采用，深受广大读者欢迎，对我国成本会计的教学与实践起到一定的推动作用。这本书2003年出版以后，我国先后修订了《中华人民共和国会计法》《企业会计准则》和《企业财务通则》等法规。这些法规的制定与实施，对充实财会教材具有重大理论意义和现实意义。

为适应在新形势下会计环境的变化和会计教学的现实需要；同时，本书经国家有关部门批准，提升为普通高等教育“十一五”国家级规划教材。所以，出版社要求他们精益求精，继续修改、完善这本书。尽管欧阳清已退休定居上海，但他觉得责无旁贷，于是同杨雄胜和各章原作者，在广泛征求理论界和实务界意见与讨论的基础上，对第一版作了必要的修改、删节和补充，从而使读者能够在更广的视野中、更高的层次上理解和掌握成本会计专业知识。但是，他感到遗憾的是，2016年乔剑再次来他家访问，商谈继续修改出版成本会计学时，由于他爱人、女儿忧虑他已高龄，又有青光眼，不让他再费心、费力从事写作。坚决反对！爱人邵爱琴任性地说，“他写一页，我就撕一页”。另一主编杨雄胜教授由于工作十分繁忙，也抽不出时间修改。他们只好割爱！将修改任务介绍给东北财经大学万寿义教授负责。乔剑是他相处印象最深刻的编辑，她才华横溢、思路敏捷、文笔流畅。她回北京后在《北京晚报》上发表一篇《欧阳清教授的书桌》文章，该文第一段摘录如下：

“这次到上海，我和琳达一起去了欧阳清教授家里拜访。午饭后，到教授的书房小坐，看到他的书桌整齐洁净，让人赞叹不已。更让我吃惊的是，已是83岁高龄的欧阳清教授，竟然从容地拿出了三年前琳达在他家记事本上写下的小诗。我很惊讶，一位著作等身的知名教授，因何能让繁忙的生活如此井井有条。”

不久，乔剑寄来两本书赠送给他。一本是乔的著作《母爱的界限》(生活·读书·新知三联书店出版)；另一本是她女儿所著《与谁同坐》(中国青年出版社出版)。一名中学生能在中外报刊上发表多篇文章，出版了自己的著作，真是少见！这同她天资分不开，也归功于她母亲的精心培养教育！现在她已在美国留学，研究方向转为生物化学领域。预祝她人生道路越走越宽阔，学业事业上取得更丰硕成果！

2. 到长春汽车厂做学术报告

2010年，听说正在推行标准成本制度的长春汽车厂想邀请年已八旬的欧阳清做学术报告，报告议程安排是每天6小时，连续三天。欧阳清从上海乘飞机到长春后，主持人看到他年已八十岁，就劝他不要按照原来议程讲课，但他执意坚持，不仅每天白天连续6个小时并持续三天为汽车厂做报告，晚上还和厂里的工作人员一起研究成本管理问题，让在场的人都很佩服不已！

3. 去湖北、大连调研

2011年，欧阳清与东北财经大学96级硕士生、现为李尔华中区运营总监孔繁国（左二）及其同事合影

2011年，欧阳清应他的学生——东风李尔汽车座椅有限公司总经理孔繁国的邀请，到襄樊、十堰、武汉三个城市的汽车座椅厂考察，时间安排得很紧，只能乘小汽车，每天去一个城市，先去襄樊，然后去十堰，最后去武汉。考察程序是先参观生产过程，然后按他调查大纲由厂方介绍成本管理，最后根据厂里提出问题做解答。

2014年，欧阳清去大连避暑，他仍然很珍惜时间，通过财政局安排，由牛彦秀、王玉红教授陪同，去大连美罗医药公司和辉瑞制药公司调查，重点考察这两单位的成本管理。过去他调研的企业多是机械企业，制药行业只去过北京制药厂和沈阳制药厂。这次调研弥补了过去的不足，扩大了视野。尽管他已不再讲课或做学术报告，但是，他仍然认真调研，并将记录稿整理，补充资料库，令同去的老师感到钦佩！

4. 一次难忘的旅游

欧阳清于2002年劳动节，参加学校组织的四川之行旅游团，5月2日，乘环保车进入童话世界——九寨沟，畅游星罗棋布的高原海子，游览箭竹海、熊猫海、孔雀海、壮观的瀑布和艳丽的五彩池。5月4号，赴成都参观，途经都江堰水利工程，下午参观杜甫草堂，汉昭烈庙等名胜古迹。5月5日赴乐山，观仰世界最大的坐佛——乐山大佛，接着又游览了凌云寺、报国寺。5月6日，乘观光车上天下名山——峨眉山，乘缆车上万年寺，然后游一线天，进猴区；下午乘车返成都，晚乘飞机回大连，结束难忘愉快的旅程。

2002年，欧阳清于乐山大佛前留影

2002年，欧阳清于峨眉山留影

2002年是欧阳清本命年，年龄是旅行团中最大的，已72岁，尽管途中乘车长达12小时，连日步行旅游，爬山越岭，同行者均感十分疲乏，但他仍精力充沛，健步如飞，无丝毫疲倦感，同行者无不赞叹！

5. 参加毕业60周年返校活动

作为复旦大学的学生，欧阳清一直感到很自豪。一直以来，他都非常感谢母校的培养。在复旦，他开始热爱会计学，并将其视为自己的终身事业，母校的培养和教诲，一直引导着他，让他的眼界一次又一次得到开阔。

这一次毕业60周年（1952—2012）回到母校，他非常高兴。管理学院给予他们热情、细致、周到的接待，返校路费、住宿费、参观的一切开支都由学院负责，真是让他们非常感动。欧阳清说："对于我们这些年过古稀的老人来说，如果不是学院周到的安排和照顾，我们很难实现同学欢聚一堂的愿望。这是一次终生难忘的重聚。"

2012年，毕业60周年返校合影

这次返校，管理学院院刊记者为返校的每一位同学，撰写了一篇采访文章，刊登在《致远》刊物上；学院还赠送很多纪念礼品；返校活动内容丰富多彩，共有三天。第一天参观世博会和中华艺术宫，下午乘车观光浦西市容；第二天前往东方明珠观光，难得的是还有军乐队奏乐欢迎他们，下午回到大学校区参观；第三天由校、院领导介绍学校及学院发展情况，举行校友毕业60年返校座谈会，由管理学院院长主持，校长在致欢迎辞时说："52届校友进入复旦之际，新中国正处于'黎明'，60年后的今天，国家的发展已经日新月异，中华民族还在为实现复兴梦想而努力。当年52届的工商管理专业的学生提前完成学业，服从组织安排，分赴全国各地支援祖国建设，为工矿企业的发展付出智慧和汗水……祝愿老校友们身体健康，心情愉快。"在自由座谈中，李岚清校友回忆了自己在1952年9月12日，带领上海大学生奔赴东北支援建设的经历。在场的大部分校友都在当时坐上了同一列车前往沈阳，在各自的工作岗位上奉献青春，挥洒汗水。在这次座谈会上，大家都畅所欲言，共同追忆了难忘的同窗时光。回忆了自己的老师，感慨老师的教诲，让每个人受益终身。

毕业60周年回到母校，是一次终生难忘的重聚。欧阳清衷心希望母校的青年学子们重视理论联系实际，多参加一些社会实践活动，不断提高自己的工作能力。作为复旦的老校友，他祈愿母校兴旺昌盛，培养出更多的栋梁之材。

6. 2017年回校探亲

欧阳清将大连视为故乡，将东财视为母校，把学生视为亲人。退休后他每次回大连都像探亲。由于他爱人身体欠佳，所以2017年这次是间隔两年才回校。

这次回到曾经工作52年的学校，感到学校又有新的巨大变化。东财已是辽宁省一流大学：学校有财政学、产业经济学、会计学三个国家重点学科；应用经济学、统计学、工商管理、公共管理、管理科学与工程、理论经济学，一共六个学科入选为辽宁省高等学校一流学科A类。学校有全日制在校学生两万人，有教职工两千余人，其中专任教师900人，博士生导师141人，硕士生导师642人。

目前会计学院为学校最大教学单位，教学实力雄厚，共有72名全职教师，其中教授27人，副教授23人，博士生导师12人，享受国务院特殊津贴专家4人，国家级教学名师2人，省级教学名师5人，学院共有在校本科生1223人，在校硕士生794人，在校博士生179人。

看到母校巨大的变化，欧阳清感到十分高兴。尽管他已退休14年，但离退休处、档案馆、校友处、出版社、会计学院、老教授协会等部门的领导，都亲切会见他并摄影留念。会计学院领导，还设宴招待；过去指导或教过的留校学生，虽然已是国内知名学者，但是他们“一日之师，终身不忘”，同欧阳清多次聚会，真是“师生情谊说不尽，天长地久长相思”。

本书的策划和编辑人员，趁欧阳清此次回校之际，来学校档案部门，查阅欧阳清的资料，并拜访会计学院的前院长刘永泽、前总支书记刘书卓、刘明辉社长和王玉红教授。档案部门贾馆长给予热情接待，尽量满足他们的要求。刘永泽、刘书卓从外地提早回来，同他们详谈欧阳清教学各方面情况；刘明辉、王玉红，也在百忙之中详谈采访要求了解的情节。总之，来者都觉得不虚此行，可谓“满载而归”！

7. 参加劳模联谊会

上海市总工会对劳模的思想、学习、工作和生活非常关心：对怎样使劳模不忘初心，时刻不忘自己是劳模，处处时时发挥劳模精神绞尽脑汁。总工会在各区成立劳模协会，在社区成立劳模联谊会。

欧阳清退休回上海定居后，就参加了徐家汇社区劳模联谊会，从而使自己精神上有所寄托，生活上感到充实美满。

徐家汇社区劳模联谊会是在徐家汇街道党工委领导下成立的，接受徐汇区劳动模范协会业务指导，其会员基本是工作或生活在徐家汇街道，来自全国各行各业的“全国劳动模范”和“省、部、市一级的劳动模范”。联谊会有明确的章程和健全机制，由街道总工会具体负责、指导日常工作，它关爱劳模、帮助和解决劳模的学习、生活中的各种问题。

劳模联谊会在街道“文化活动中心”创建了近百平方米学习活动场所，专供劳模学习、活动用。因此，在每周三上午凡是能够行动自如的劳模都会自动相聚一起畅谈时事、欢唱歌曲、交流生活乐趣。其中，每周三上午七点多，劳模郑宝湖、崔龙智就提早来布置会场；劳模杨德全在家认真准备一周来的“国内外大事”向大家传达；他平时收集一些益智的知识向大家介绍，供劳模学习、动脑，深得大家的喜爱；劳模顾登寿也经常告诉大家一些新消息，使大家不会因年老而孤陋寡闻；去国内外旅游的劳模回来后，用录像或口头向大家介绍旅游见闻，使众人如身临其境；从事过司法、法律工作的秦玲妹、李平主动承担大家法律顾问，介绍有关法律知识；做过医生的劳模余志达经常为大家测量血压、介绍医药和防止各种疾病的知识。特别应当感谢的是，上海信谊药业几年如一日，每月派保健医生到劳模联谊会讲课，介绍医药、治病和养生知识，并赠阅内容丰富的《家庭用药》月刊，使大家受益匪浅。

社区总工会领导对劳模平时的生活也十分关心。劳模身体不适，凡住院的即去医院把慰问金送到病床边；遇到因病住不上医院的，就设法联系医院让他们住院就医；对有病在家休养的劳模，都立即带上慰问品到他家中探望。

劳模联谊会成员，尽管来自五湖四海，过去从事各行各业工作，但是大家团结友爱，互相关心，互相帮助，亲如一家。特别令人高兴的是，会长周惠根和副会长黄绮玉政治素质良好，组织能力强，非常愿意为会员办事和服务。周会长尽管有时身体欠佳，但仍然坚持到会主持会议，起到示范作用。所以联谊会成立十年来，一直健康地发展着，充分发挥联谊会的作用。无论是刮风下雨，严寒酷暑，都一直坚持活动，深受大家喜爱。所以欧阳清夫人说，“你们周三上午的聚会是‘神仙会’。”

“夕阳无限好，只是近黄昏”。前几年欧阳清写了一篇《园丁随笔》。全文如下：

园丁随笔

（一）归去也

孜孜耕耘大半生，桃李芬芳九州地。

耄耋之年归去也，科教自有后来人。

（二）喜相聚

悠悠别离已多载，今日滨城喜相聚；
师生情谊诉不尽，天长地久长相思。

（三）赞并盼

尽心尽责干四化，千锤百炼铸辉煌；
欣逢盛世施才华，乘风破浪展宏图。

（四）新感悟

欣悉诸君创硕果，更盼身心显康健；
事业拼搏宜适度，过劳悲剧引为戒。

附　录

一、欧阳清生平年表

1930年7月20日，出生于福州。

1936年9月，就读于教会小学——上海圣德小学，读一年级。

1937年底—1940年2月，就读于福州陶淑小学、岑后小学、英华小学，读一至三年级。

1940年2月—1941年7月，先后就读于南门镇小学、鼓楼小学，读四年级。

1941年7月—1942年6月，就读于福州清寒小学，读五年级。

1942年9月—1943年6月，就读于福州道山小学，读六年级。

1943年9月—1946年6月，就读于福建闽侯县立初级中学。

1946年9月—1949年夏，就读于福建省立高级商业职业学校，学会计。

1949年9月，回到上海，全家团聚；考入上海私立光华大学。

1950年9月，考入国立商学院，后转入复旦大学就读。

1952年3月，加入中国共产主义青年团。

1952年7月，复旦大学毕业，被分配到东北财经学院教学。

1954年，被评为“东北财经大学优秀青年教师”。

1956年2月，在“肃反”运动中被错误批判；与邵爱琴登记结婚。

1959年，欧阳清长女欧阳宁出生。

1963年，欧阳清长子欧阳祖浩出生。

1966年，欧阳清加入大连市革命委员会写作小组。

1969年，欧阳清次女欧阳静出生。

1980年，参加中国成本研究会，后任常务理事。晋升为副教授。

1982年，被评为“大连市科协积极分子”“东北财经大学先进工作者”。

1983年，参加辽宁机械工业会计学会，任副会长。

1984年，欧阳清加入中国共产党；首被评为“大连市优秀教师”“东北财经大学先进工作者”。

1985年，被评为“大连市优秀教育工作者”；受聘为沈阳会计师事务所顾问。

1986年，欧阳清升为教授；被评为“东北财经大学优秀共产党员”“大连市劳动模范”“大连市优秀共产党员”；第二次被评为“大连市优秀教师”；“辽宁省高等教育学会1982—1986年优秀高教研究积极分子”；“辽宁省优秀教师”。被聘为大连中级会计职称评委会副主任；大连市高级会计职称评委会委员；受聘为南京理工大学兼职教授。

1987年，东财大党委和行政做出《关于向欧阳清同志学习的决定》；教师节大会上代表立功受奖同志讲话。欧阳清重组会计实验室，开始探索会计模拟实验教学；被评为“大连市模范教师”“全国财政系统劳动模范”“大连市精神文明建设积极分子”“东北财经大学优秀共产党员”；参加辽宁省成本研究会，任副会长；参加辽宁省冶金会计学会，任顾问；大连第二教育局学士学位专家评论组成员。

1988年，被评为“东北财经大学优秀共产党员”被聘为大连市中级审计职称评委会委员；参加中国共产党东北财经大学第五次代表大会并代表全体党员教师致贺词和表决心。

1989年，被评为“东北财经大学优秀共产党员”“大连市首届会计知识大赛评委”；第二次被评为“大连市优秀共产党员”；被评为“辽宁省优秀教师”；第二次被评为“全国财政系统劳动模范”。

1990年3月，辽宁省工会第六次代表会代表。

1990年5月，中国共产党大连市第七次代表大会代表。

1991年，欧阳清被评为“辽宁省优秀共产党员”“辽宁省劳动模范”“全国优秀教育工作者”，获得“全国五一劳动奖章”；提出“在教书中育人，在育人中教书”的教学指导思想；大连市工会代表大会特约代表。

1992年，被评为“大连市优秀专家”“东北财经大学优秀指导教师”“东北财经大学优秀共产党员”。

1993年，欧阳清第二次被评为“辽宁省优秀教师”，再次担任“辽宁省冶金会计学会顾问”。

1994年，获得国务院特殊津贴。

1995年，受聘为《会计之友》杂志社特约编审。

1996年，受聘为三友会计研究所顾问。

1997年，任大连市审计学会理事；全国财经管理干部院校财会研究会高级顾问。

1999年，欧阳清被评为“东北财经大学优秀共产党员”“东北财经大学会计学院科研积极分子”。

2001年，被聘为“中国成本研究会顾问”。

2003年，受聘为福州大学管理学院兼职教授。

2004年，退而不休，继续从事会计学科的研究工作。

二、欧阳清发表的论文与著作

文献来源	年卷期	论文名称（括号内为合作者）
会计研究	1980(1)	关于工业企业班组经济核算问题的探讨(韩殿文)
财经问题研究	1980(2)	关于工业企业班组经济核算问题的探讨(韩殿文)
成本管理文集	1981(I)	利用价值规律进行班组经济核算
财经问题研究	1981(4)	谈谈成本决策分析
财经问题研究	1982(2)	工业企业成本管理基础知识讲座 第三讲 成本控制
会计学论文选	1982	成本核算改革方向的探讨——兼论目标成本会计在我国的应用
财经问题研究	1982(4)	产品成本控制
大连财会	1982(3)	目标成本会计（上篇）
大连财会	1982(7)	目标成本会计（下篇）
财经问题研究	1983(1)	工业企业成本管理基础知识讲座 第四讲 成本分析(上)
财经问题研究	1983(2)	工业企业成本管理基础知识讲座 第五讲 成本分析(下)
财会通讯	1983(6)	目标成本会计在我国的应用
财经问题研究	1983(1,2)	论成本分析
高等教学财经研究	1983(4)	对教学内容更新的几点浅见
财会通讯	1983(12)	论利润分析
财经问题研究	1984(1)	关于产品销售利润分析中几个问题的探讨（陈福义）
经济研究参考资料	1984(17)	关于成本核算与考核改革方向的探讨
会计研究	1985(1)	成本目标管理的理论与实践
福建会计	1985(4)	成本核算改革新探(陈福义)
福建财政与会计	1985(11)	成本目标管理的理论与实践
机电工业财会	1986(3)	成本核算改革新探的实践——对中捷友谊厂成本核算工作进一步完善化的几点意见(刘永泽)
财务与会计	1986(7)	成本核算改革新探（陈福义）
本校《科研通讯》	1986	教材建设几个问题的探讨

（续表）

文献来源	年卷期	论文名称（括号内为合作者）
抚顺财会	1986(8)	关于建立中国式标准成本会计的探讨（刘永泽）
发展战略报	1986.11.19	我国成本核算改革方向的探讨（刘永泽）
经济研究参考资料	1987(98)	关于建立中国式标准成本会计的探讨（刘永泽）
财经问题研究	1988(1)	论建立中国式标准成本会计（刘永泽）
辽宁会计	1988(1)	关于成本管理几个问题的探讨
辽宁会计	1988(1,2)	成本技术经济分析中几个问题的研究
辽宁会计	1988(4,5)	成本技术经济决策分析（毛岩亮）
辽宁会计	1988(12)	影响技术经济指标诸因素分析（毛岩亮）
成本与价格资料	1988(12)	关于“成本差异即期处理”几个理论问题的探讨（刘明辉）
辽宁会计	1989(1,2)	成本技术经济分析的组织工作（毛岩亮）
辽宁会计	1989(3,4,12)	变动成本计算模式下产品销售利润分析
财经问题研究	1989(4)	成本管理改革原则的探讨（邵爱琴）
辽宁会计	1991(2)	关于强化成本管理对策的探讨
会计文萃	1992(4)	我国成本管理的现状与改革思路（张先治）
会计研究	1993(1)	我国成本管理的现状与改革思路（张先治）
辽宁会计	1993(1)	我国责任会计的几个理论问题（张先治）
财经问题研究	1993(2)	实行会计实验教学 完善会计教学改革（陈国辉）
辽宁会计	1993(5,6,7)	责任单位内部结算和责任预算编制（张先治）
辽宁会计	1993(8~11)	责任指标的核算与控制（张先治）
财经问题研究	1995(6)	成本核算改革新探（陈福义）
辽宁财税	1997(1)	浅谈企业改制中的人力资源投资（孔繁国）
财经政法资讯	1998(3)	经济效益研究的一部开拓性著作 —— 评张先治新著《经济效益研究》
会计研究	1998(5)	我国成本管理改革的回顾和展望
东北财经大学学报	1999(2)	现代化成本管理理论在我国企业中应用的探讨（马自勤）
中国财经报	1999.8.25	邯郸制造费用核算（宁燕）
辽宁财税	1999(9)	产品成本核算原则的探讨（陈岩）
财务与会计	1999(9)	关于标准成本修改差异的核算（刘杰）

（续表）

文献来源	年卷期	论文名称（括号内为合作者）
辽宁财税	1999(10)	标准成本修改差异的核算（刘杰）
财务与会计	1999(11)	成本会计的发展趋势及我们的对策
福建财会	2001(3)	现代成本管理的研究 —— 兼论我国成本管理深化改革的思路
会计研究	2003(2)	会计理论基础与时俱进 —— 评侯文铿教授新著《马克思会计学说研究》
《加强成本管理，提高经济效益——关于某机械公司成本管理的调查报告》（万寿义）		

著作（按时间顺序）

时间	出版社	教材及专著
1980 年	辽宁人民出版社	《工业会计》（总纂）
1981 年	吉林人民出版社	《工业企业经济活动分析》（独著）
1981 年	中国财政经济出版社	《工业企业财务管理》（合编）
1982 年	吉林人民出版社	《成本会计》（合编）
1982 年	辽宁人民出版社	《工业企业财务管理》（合编）
1984 年	中国社会科学出版社	《成本管理手册》编委与作者
1985 年	辽宁人民出版社	《会计师晋升考试 1000 题》分主编
1987 年	经济管理出版社	《成本管理大辞典》编委与作者
1989 年	辽宁人民出版社	《工业会计辞典》副主编与作者
1989 年	东北财经大学出版社	《成本管理》（独著）
1990 年	中国物价出版社	《简明成本管理辞典》编委与作者
1990 年	中央广播电视大学出版社	《工业企业经济活动分析》（主编）
1990 年	东北财经大学出版社	《工业企业经济活动分析图解及题解》（主编）
1990 年	东北财经大学出版社	《工业企业成本技术经济分析》（毛岩亮）
1991 年	东北财经大学出版社	《工业企业经济活动分析》（主编）
1993 年	吉林科学技术出版社	《成本会计学》（合编）
1994 年	东北财经大学出版社	《成本会计》（主编）
1994 年	中国物价出版社	《新成本管理大辞典》编委与作者
1995 年	中国经济出版社	《企业经济分析学》（张先治）
1997 年	中国物价出版社	《注册会计师必读》（编委、合编）
1998 年	东北财经大学出版社	《成本管理理论与方法研究》（独著）
1999 年	东北财经大学出版社	《成本会计学》（主编）
1999 年	中国财政经济出版社	《会计大典：成本会计卷》（合编）

（续表）

时间	出版社	教材及专著
2002 年	东北财经大学出版社	《成本会计学》（主编）
2008 年	首都经济贸易大学出版社	《成本会计学》（第二版，主编）

三、欧阳清所撰论文选登

成本目标管理的理论和实践

20世纪80年代，国内很多企业相继开展了成本目标管理，并总结了工作经验，进行了理论研究。但是由于各个企业的做法不尽一致，对成本管理中的一些问题还存在不同的认识。为此，欧阳清考察了沈阳重机厂、水泵厂、大连机床厂、冷冻机厂等部分企业，针对这个问题系统地提出了自己的见解，并以《成本目标管理的理论和实践——从辽宁部分企业的经验看成本管理的发展》为题发表于1985年第1期的《会计研究》中。

在这篇文章中，欧阳清首先分析了成本目标管理的含义和特点，然后提出了目标成本管理的步骤和方法，最后阐述了开展成本目标管理应注意的几个问题。具体内容如下。

1. 成本目标管理的含义

成本目标管理，有人称之为目标成本管理，但从它是企业目标管理的一个组成部分来说，把它称为成本目标管理更为合适。按目标进行管理，要求一个企业在一定期间内应当确定总的奋斗目标，如利润总额、资金利润率等，并据以指导、组织，动员职工为完成企业总目标而努力奋斗。围绕这个总目标，企业各部门、各环节乃至每个人都应当制定自己的奋斗目标，如产量目标、成本目标、技术目标、资金目标等，并制定实现目标的措施，以保证总目标的完成。

欧阳清认为，实行成本目标管理，首先要根据企业总的奋斗目标测定产品的目标成本；然后将目标成本按产品结构或产品形成过程或产品成本内容进行分解；再按照这些分解目标的要求，去组织设计、试验、生产准备、材料供应、生产管理和技术管理，以保证目标成本的完成。一些企业实践证明，这种企业内部的成本目标管理体系，对进行成本规划、指导和控制，使企业以尽可能少的劳动消耗、取得尽可能大的经营成果具有重要作用。

在欧阳清看来，虽然人们现在对成本目标管理的作用有所认识，但对管理的内容及范围却存在不同的理解。有人认为，目标成本仅指新产品或老产品在设计以前，根据预期售价减去目标利润和税金求得的产品设计时的成本限额。这样，就把成本目标管理的作用局限在控制新产品或改型老产品的设计成本上。毫无疑问，设计阶段是挖掘降低成本潜力的重要环节，应作为成本目标管理的重点。但是，企业生产产品要经过调研、设计、试验、工艺准备、材料供应、制造和销售的全过程，在这个过程的各个环节，都要直接或间接地消耗一些费用。成本目标管理应以产品成本形成的全过程为对象，结合生产经营的不同性质和特点进行有效的管理，这才能充分发挥其应有的作用。同时，在企业产品构成中，新产品或改型老产品只是其中一部分。在多数企业里，可比产品一般占一半以上，对这些产品的定额成本或计划成本也应看作目标成本，进行成本目标管理。所以，无论新产品或是老产品都应当实行成本目标管理。另外，设计目标成本用售价减目标利润和税金的方法来测定，无疑是企业经营管理上的一项重大改革，但把它视为唯一的方法也是不全面的，当预测销售价格有困难时，也可以采用其他方法测定，进行产品设计成本的控制。目标成本的分解和核算也是如此。实践中存在不同的方法，应根据企业具体情况，灵活采用，以实现有效的成本目标管理为目的。

2. 成本目标管理的特点

我国的成本目标管理体系，是在传统成本管理的基础上借鉴国外目标管理经验形成的，是对传统成本管理的改革和发展。欧阳清从沈阳、大连一些企业实践中总结出，它具有以下特点：

（1）实行全过程的成本目标管理。产品从市场调查、设计、试验、工艺准备、物资供应、生产、销售以至为用户服务全过程都发生费用，各环节费用高低，都影响着产品成本的高低。我们过去只注意生产成本的管理，忽视了其他方面的管理，割断了成本形成过程的有机联系，结果是生产成本也控制不了、管理不好。成本目标管理，强调对产品成本进行事先控制，不仅把产品设计过程作为成本目标管理的重点，而且对供应、生产和销售过程都实行成本目标管理。

（2）实行各部门、各环节的成本目标管理。成本管理既然已经扩展到生产经营全过程，因此，仅依靠一个或几个部门进行管理是不够的，必须加强所有部门的成本目标管理。在各个部门和各环节，建立成本责任中心，把各自责任范围内的费用控制起来。

（3）实行全员的成本目标管理。无论是各个过程的成本目标管理还是各个部门的成本目标管理，最终都需要人来管理。过去一提管理，好像是少数干部或管理人员的事，其实要真正搞好管理必须依靠企业的全体人员。企业每个人的活动都与产品成本形成有直接或间接的联系，必须使他们都能明确自己工作对成本目标完成的影响，让他们来控制自己应控制的费用，才能最有效地实现成本目标管理。

（4）成本目标管理与价值工程结合，经济工作与技术工作结合。沈阳重机厂、大连机床厂等企业把目标成本作为价值工程的奋斗目标。把价值工程作为实现目标成本的手段。在产品设计过程中，设计人员围绕目标成本，进行设计方案的制定、比较和改进，在提高产品质量、性能水平的同时，充分挖掘降低成本的潜力，选择既具备能满足用户需要的产品功能，又能降低成本的最佳方案，使成本目标管理不断向生产技术的广度和深度发展，为降低成本、提高经济效益开辟新的途径。

（5）成本目标管理与全面经济核算、全面经济责任制结合。只有实行全面经济责任制，才能保证全面经济核算的顺利进行，调动全体人员降低成本的积极性；只有进行全面的经济核算，才能有效地控制成术偏差，正确考核目标成本完成情况。因此，实行全面的成本目标管理，必须以全面经济核算为基础，以全面经济责任制做保证。

3. 成本目标管理的步骤和方法

欧阳清认为，进行成本目标管理，一般可分为目标成本的测定、分解、控制，分析四个步骤。各个步骤紧密联系，周而复始，成本目标管理随之不断向前发展。

1）目标成本的测定

目标成本的测定是企业实行成本目标管理的首要环节。目标成本测定得正确与否对于分解、控制、分析目标成本都有着重要的影响。一个能真正起到控制产品成本作用的目标成本，必须符合以下基本原则。

（1）可行性原则。目标成本必须是企业经过主观努力可以达到的。因此，目标成本应当符合企业各种资源条件和生产技术水平，符合国内外市场竞争的需要，切实可行。

（2）激励性原则（或先进性原则）。目标成本要有激发职工积极性的功能，使每个人尽力贡献自己的力量。如果目标成本可以轻易达到，就失去了成本控制的意义。

（3）科学性原则。目标成本不能主观臆断，必须搜集和整理大量情报资料，以可靠的数据作为根据，采取科学方法计算出来。

（4）可衡性原则。目标成本要能用数量或质量指标来表示，以便作为检查和评价实际成本水平偏离程度的标准、考核产品成本的准绳。

（5）统一性原则。目标成本要和总经营目标以及其他目标协调一致。目标成本指标不能互相矛盾，互相脱节，要形成一个统一的，有机的体系。

（6）适时性原则。企业目标成本一般是在全面分析当时主客观条件的基础上制定的。但是，由于现实中存在大量不确定因素，企业经营的外部环境和内部条件不断发生变化，这就要求企业根据条件的变化及时调整和修定目标成本。

要准确地测定目标成本，还必须做大量的准备工作：搜集和整理情报资料，进行认真的研究分析，结合企业实际情况，采用一定的方法测定产品的目标成本。实践中采用的方法主要有以下几种：

（1）首先确定目标利润，然后以产品的预定价格减去税金和目标利润，余额就是要努力实现的目标成本。这种方法即“倒扣计算法”，其计算公式如下：

目标成本＝产品预计价格－应纳税金－目标利润

式中，产品预计价格用国家统一规定的价格，或根据国内外同类产品比价资料制定出市场可能接受的价格。应纳税金按国家规定的税率计算。目标利润可以采用以下不同的方式来确定：①用国内外同种或同类产品销售利润率乘以预定销售价格求得；②对于新产品，还可以用企业同类产品的销售利润率乘以预定销售价格求得。当企业目标成本按全部产品来计算时，其计算公式是：

目标成本＝预计销售收入－应纳税金－目标利润

式中，预计销售收入可按产品类别分别计算、汇总求得，也可以在上年销售收入基础上，预测销售额增减幅度来求得。目标利润的确定方式，有以下几种：①采用国内同行业销售利润率乘以企业预计销售收入求得；②采用本企业上期或较好年度的销售利润率乘以企业预计销售收入求得；③在生产任务不足，销售收入低于上年，企业必须保持上年的利润水平（或保持一定的利润）时，可以把上年的利润（或一定的利润）作为目标利润；④采用本企业历史上最高的资金利润率，或同行业平均资金利润率，或同行业中最高资金利润率乘以企业资金平均占用额求得。

（2）选择某一先进的成本水平作为目标成本。它可以根据本企业上年实际平均单位成本和上级下达的成本降低率计算出来，可以是国内外同种产品的先进成本水平或本企业历史上先进成本水平，也可以是按本企业平均先进水平制定的定额成本或计划成本。

（3）利用自变量与因变量间的函数关系求目标成本，主要适用于系列产品。系列产品中各具体规格成本与本系列中的某种特性有一定的线性关系。用公式表示为：

$$y = a + bx$$

式中，y 代表系列产品中各个规格目标成本变量，即因变量；x 代表系列产品的某种特性的变量，即自变量；a 是这条趋势直线在 x 轴上的截距；b 是趋势直线的斜率。a，b 值的确定可采用“最小平方法”。计算公式为：

$$a = \bar{y} - b\bar{x}$$

$$b = \frac{\sum xy - n\,\overline{xy}}{\sum x^2 - n\,\bar{x}^2}$$

a，b 值确定后，当我们知道某规格产品的自变量后，就可求出其因变量，即目标成本。

（4）利用两种产品成本参数对比，以记分法确定目标成本。如沈阳水泵厂两种水泵的基本参数、重要程度、等级分数如下表所示。

两种产品的参数比较与记分表

参数	重要程度	D45-80×11		DC45-59	
		指 标	分数	指 标	分数
流量	3	50 m³/h	3	50 m³/h	3
扬程	4	960 m	11	618 m	5
效率	5	56 %	9	53.6 %	5
节能	7	14 0000 W	11	0 W	0
寿命	9	20 000 h	13	20 000 h	3

计算产品总分数的公式为：

产品总分数 = ∑（各参数重要程度 × 该参数等级分数）

D45–80 × 11 水泵总分数 = 3 × 3 + 4 × 11 + 5 × 9 + 7 × 11 + 9 × 13
= 292

DC45–59 水泵总分数 = 3 × 3 + 4 × 5 + 5 × 5 + 7 × 0 + 9 × 3=81

两种产品的变化指数 = 292 ÷ 81 = 3.6

就是说，当我们知道两种产品中的一种产品成本时，根据这个指数就可确定另一种产品的成本。本例中，当 DG45–59 泵的成本为 4 400 元时，D45-80×11泵的目标成本可订为16 000元(4 400×3.6)。

全部产品目标成本测定后，对于可比产品，还要计算其目标成本降低额和降低率，以便和国家下达的成本计划进行比较。目标成本降低额和降低率的计算公式是：

目标成本降低额＝按上年预计平均单位成本计算的总成本－目标成本

目标成本降低率＝目标成本额降低/按上年预计平均单位成本计算的总成本=100%

如果目标成本降低任务达不到国家计划降低任务的要求，就需要重新测定目标成本，如果达到了计划要求，还需要根据各方面提出的降低成本措施，预测其对目标成本的保证程度。其预测方法如下：

(1)由于原材料、燃料、动力的消耗定额和价格变动对成本的影响：

成本降低率＝[1-(1-消耗数量降低的百分率)×(1-价格降低的百分率)]×基期该成本项目占产品成本的百分比

(2)由于劳动生产率提高超过平均工资增长对成本的影响：

成本降低率＝[1-(1+平均工资增长百分率)/(1+劳动生产率增长百分率)]×基期工资占产品成本的百分比

(3)由于产量增长，使各项费用(车间经费、企业管理费)相对减少对成本的影响：

成本降低率＝[1-(1+费用增长百分率)/(1+产品增长百分率)]×基期各项费用占产品成本的百分比

(4)由于质量提高，废品率减少对成本的影响：

成本降低率＝废品损失减少的百分比×基期废品损失占产品成本的百分比

综合以上计算结果，可得出总的成本降低率。如果达不到目标成本降低率的要求，则应进一步挖掘潜力，采取新的降低成本措施，以保证目标成本降低率的实现。

2)目标成本的分解

欧阳清认为，目标成本的分解就是要把目标成本这个大指标，尽可能地分解为若干小指标，落实到各个成本中心以至到个人。反过来再根据分解测定后的小目标进行试算平衡，看其能否保证总目标成本的实现。如未达到，则需采取新的措施分解落实，以保证达到目标成本的要求。

一些企业目标成本分解的方法主要有以下几种：

（1）按产品结构进行分解。这是对按产品测定目标成本进行分解的最基本的方法。它首先要对产品按构成情况分解为若干结构件；然后根据各结构件的材质及复杂程度，确定其规格、型号；最后参考各结构件的计划成本等将产品目标成本分解为各结构件的目标成本。

（2）按产品形成过程进行分解。它是把产品的目标成本按产品的形成过程分解到产品设计、物资采购、生产制造、产品销售各个过程，形成各该过程的目标成本。

（3）按产品成本经济内容进行分解。这种方法可把产品成本分解为固定成本和变动成本两大类。固定成本可继续分解为折旧费、企业管理费、车间管理人员工资等。变动成本可分解为原料和主要材料成本、计件工资、包装材料成本等。

3) 目标成本的控制

欧阳清认为，目标成本的控制是成本目标管理的核心环节。它在目标成本分解的基础上进行，要对分解后的目标成本进行归口分级控制。

（1）目标成本的归口控制。搞好成本控制必须依靠生产经营过程的各个部门，根据各部门与产品成本的关系把分解指标落实到有关部门去控制管理，如设计、工艺、供应、生产、销售部门等。通过它们对各该过程的目标成本进行控制，才能真正体现其可控性。

（2）目标成本的分级控制。分级主要是把企业分为厂部、车间、工段和班组四级。要有效控制成本不仅需归口管理，而且必须分级控制。厂部成本控制内容是在制定目标成本、编制成本计划、分解下达成本指标的基础上，组织全厂成本核算、控制、检查和分析成本计划的执行情况；组织降低成本活动，指导车间成本管理和控制。车间成本控制是在编制车间成本计划，并分解落实到工段和班组的基础上，控制工时、物资的消耗和费用支出，采取措施保证车间成本计划的完成；组织车间成本核算，并指导工段和班组的成本核算，日常控制及指标考核。工段和班组是基层环节，班组成本控制如何，直接影响成本的高低。目前一些企业把班组成本控制和班组经济核算结合起来，其内容包括消耗指标分解、落实到个人，控制班组和个人生产消耗；检查分析定额的执行，并采取措施保证定额的实现。

总之，通过对目标成本归口分析控制，使企业生产经营各部门、各环节、每个人都有成本控制责任；使产品成本形成的各个过程、各个指标都有人控制。但要真正把成本控制好，还必须加强成本核算，建立责任中心，对产品生产过程中实际发生的各项费用进行正确计算，对照目标成本，计算成本差异，将不利于差异及时反馈，找出原因，予以纠正。

4）目标成本的分析与考核

目标成本的定期分析是成本目标管理的最后环节（日常分析则伴随着成本控制随时进行）。目标成本的分析主要是将实际成本与目标成本进行比较。这种比较要与目标成本的分解和归口分级控制紧密结合。既要分析产品目标成本与实际成本的差异，更要找出产品生产各过程环节目标成本与实际成本的差异，找出各结构件目标成本与实际成本的差异，各项费用目标成本与实际成本的差异以及产生这些差异的主客观原因。在此基础上提出建议，消灭不利差异，增加有利差异，修订原来目标成本，以保证目标成本的先进可行。

目标成本的考核是成本目标管理顺利进行的保证，没有考核就没有责任，没有责任就不可能管好。目标成本的考核必须同经济责任制结合起来，做到奖罚分明，把成本管理的好坏同每个人的切身利益紧密结合起来。

4. 开展成本目标管理应注意的几个问题

（1）提高企业经营管理素质。成本目标管理是传统成本管理的改革和发展。要搞好这项工作，必须大力提高企业全员素质，加强基础工作。提高全民素质，首先要提高企业领导者的素质；企业管理干部，包括经济管理干部和技术干部要进一步学习提高，更新知识，扩大知识面。经济管理干部要深入生产、技术领域，技术干部要关心经济、讲究经济效益，使经济与技术结合起来；其他各类人员都要提高思想、文化、业务、技术水平。加强基础工作，就要建立健全各项规章制度；搞好信息管理，广泛搜集国内外与产品成本管理有关资料；学习运用先进的管理方法，提供及时可靠的管理数据，以利于对目标成本进行准确的测定、控制与分析。

（2）完善成本目标管理的内容。成本目标管理作为一种新的管理方法目前还不够完善，在企业实际应用中还未能形成完整的成本目标管理体系。要搞好成本目标管理，必须建立全面的成本目标管理体系，完善成本目标管理的内容，对企业的全部产品、企业产品生产经营全过程、企业的各个部门和全体人员实行全面的目标管理，在企业内部形成一个完整的有机的成本管理体系，实现整体的目标成本最优化。

（3）加强成本目标管理与其他管理手段的结合。成本目标管理与其他管理手段是紧密相连的，随着成本目标管理内容的不断完善，其他管理方法需要进一步加强。

①成本目标管理要与价值工程结合。运用价值工程原理对产品设计、更新和实验研究项目进行功能评价，充分挖掘节约潜力，力求用最低费用实现产品最佳目标成本方案。

②成本目标管理要与经济责任制结合。把推行成本目标管理的各项工作要求和指标作为部门和个人经济责任制的重要内容，把职工的经济责任和经济利益结合起来。这就要求企业按产品开支的权力和责任设置若干成本中心。各成本中心的成本，按照是否可以控制，划分为可控成本和非可控成本。每一成本中心只对其可控成本承担责任。

③成本管理目标要与先进成本核算方法结合。传统的成本核算方法重在产品成本的事后综合反映，成本核算时间与成本发生时间脱节，成本核算地点与成本发生地点脱离。而成本目标管理变事后发现为事先控制，变一个部门核算为多个责任部门核算。这就需要把成本核算的着重点从各种产品成本的核算转移到各个责任中心的责任成本的核算上来。（具体核算方法可参加欧阳清的论文《关于成本核算与考核改革方向的探讨》,《经济研究参考资料》,1984年第17期）

加强成本管理 提高经济效益

——关于某机械公司成本管理的调查报告

应某机械公司领导之邀，我们对该公司的成本管理工作进行了为期8天的调查。先后听取了公司有关领导对公司管理的基本情况的介绍和总会计师、财会部门领导、各分厂成本核算员对成本会计工作所做的介绍；同时，我们还观摩了公司产品的生产过程，与生产计划部门、技术部门、工艺部门的同志进行了座谈，取得了许多第一手资料。通过几天的学习和调查，使我们学到了许多的东西。同时也对公司的成本管理工作有了一些初步的认识。

1. 成本管理工作总体概况

通过对财会部门工作的考察，我们认为，财会部门的成本工作与其他同类型企业相比，有很多值得学习的地方，主要表现在如下几个方面：

(1)财务成本制度比较健全。

该公司已制定了《财务科工作标准》《各核算岗位职责》《实行新两级成本核算办法》《公司财务管理制度》等规章制度，并在实际工作中得到了较好的落实。

(2)财会部门人员基本功比较扎实。

该公司财会人员工作认真负责，虚心好学，都想尽力把成本工作搞好，各种账簿齐全，登记清楚。原始凭证的审核等方面的工作做得也很有特点。

(3)成本工作的改革做出了一定的成绩。

该公司初步建立了目标成本管理制度，在成本核算上简化了一些烦琐的计算手续。成本计算方法采取了逐步结转与平行结转相结合的方法，即各步骤半成品按计划成本结转，成本差异平行结转。这样，既加快了成本计算速度，使各车间成本不受上一车间成本高低的影响，同时也提高了成本指标的灵敏度，将车间生产工作的好坏与当期完工产品成本水平的高低结合起来。辅助生产车间按计划成本结转给有关部门，既符合责任成本核算的要求，也便于考核辅助车间成本的高低。

(4)财会工作组织比较健全。

该公司实行两级核算，各车间都配备了核算员，财会部门的分工也比较严密。在组织建设方面，为会计核算工作打下了坚实的基础。

(5)厂级领导对财会工作比较重视。

厂级领导对成本管理寄予很大的希望，并提出了比较高的要求，总会计师对成本管理工作掌握得比较好，能适应市场经济发展对成本工作的基本要求。

(6)现代化管理工作已开始起步。

该公司在财务科配备了计算机，运用计算机对一些会计资料进行处理，取得了一定的成绩。虽然这方面的工作还刚刚起步，但它将为以后的会计工作电算化打下良好的基础。

2. 现代企业制度要求企业成本管理转轨变型

我国目前已由计划经济体制向市场经济体制转变。新的经济体制要求成本管理由事后管理为主，转向事前管理；要求成本人员深入技术领域，把技术与经济结合起来。只有这样，才能满足市场经济对财会部门提出迅速提供有效信息的要求，以适应预防性管理的需要；才能从技术上挖掘降低成本的潜力，大幅度提高企业的经济效益。我们认为，公司应加强预测、决策和控制的工作。

1)开展综合平衡的预测

一个企业要提高经济效益，充分利用人力、物力和财力，开展综合平衡的预测是一个关键的环节。这里包括企业生产规模多大，才能取得最好的效益的预测；企业各个生产环节的生产能力平衡的预测；企业劳动力和设备相适应的预测，以及公司目标成本同各分厂目标成本协调性的预测。这些预测工作如果做得不好，将造成企业人力、物力和财力的浪费，不能充分利用综合生产能力；也将发生分厂完成成本指标，而公司目标成本超支的现象。从目前公司实际情况来看，各个分厂生产能力不平衡，存在两头大、中间小的情况。所以，技术改造的重点应是填平补齐。财会部门应测算由于生产能力不平衡将给企业带来的损失，以及解决这一问题后将产生的经济效益。另外，我们某些生产环节的设备和人力不平衡，使生产设备能力不能得到充分的利用，一些零部件可以自己生产，但由于技术工人不足或技术不过硬而改为外购。这方面的损失也应当是财会部门预测的内容。

从我们的调查情况来看，有的分厂不是按计划进行生产，而是有什么材料就生产什么，使得一部分半成品积压，而有些半成品由于没有材料不能生产而产生短缺，这样就不能组装成产成品。因此，应采取相应的措施，有计划地生产。对于暂时不需要的半成品即使有材料，也不要生产。

2)开展成本决策

成本决策是现代成本管理的标志，也是成本管理发展的里程碑。财会部门在公司能否得到领导的重视，也在于其是否充分发挥了决策的职能并为领导做好参谋。例如，我们公司生产哪些产品能适销对路，可取得更好的效益？产品加工采取什么工艺能使成本最低？哪些配套件不是企业的生产范围，必须向外采购？哪些部件既可以公司内部自制，也可以外购？以上这些问题，就要求财会部门根据各种成本决策数据，利用决策分析的方法，进行成本最优化的研究，提供给领导做参考，使领导做出有利于提高企业经济效益的决策。在这方面，公司是大有潜力可挖的。同时，这方面工作做好了，也会取得较好的经济效益。

3)开展产品设计目标成本管理

一个企业产品成本的高低，在市场上是否有竞争能力，能否为企业带来经济效益，在很大程度上取决于产品设计在技术上是否适用，在经济上是否合理。80年代以来，辽宁省机械工业学习西方目标成本管理经验，一般采用倒扣法，即用产品市场上可以接受的价格减去企业期望的目标利润，求得产品设计的目标成本，作为控制产品设计成本的限额。产品设计部门的设计方案的设计成本，必须低于目标成本，才能投入生产。假若高于目标成本，则需重新改变产品设计。如果修改后设计方案的设计成本仍高于目标成本，则应否决该种产品的生产。大连冷冻机厂、沈阳重型机械厂推行这方法后，使成本管理深入技术领域，取得了很大的经济效益。这个经验得到了机械工业部的充分肯定，并在辽宁省兴城召开会议，由辽宁省总结成本目标管理经验，并向全国推广。该公司应结合辽宁省的先进经验，并与学习邯钢相结合，推广目标成本管理，为公司降低成本指出方向。

4)广泛深入开展班组经济核算

班组经济核算尽管在20世纪50年代就已经产生，核算方法比较简单，没有运用高等数学等较难的方法。但是，它仍然是适用于我国生产企业，密切结合我国国情的现代管理方法，是中国式的责任会计。它已受到国际社会的关注，外国学者把它称为中国式责任会计或群众路线会计，说它是一种新的管理原则。公司结构分厂(铆焊分厂)开展百分赛是班组经济核算的一种形式，具有较强大的生命力，值得公司各分厂普遍推广。但是需要指出的是，各分厂应结合自己的特点，有的放矢地采用班组经济核算的方法。另外，也应指出，铆焊分厂班组经济核算应总结经验，在现有的基础上，充分利用价值规律的作用，用货币形式计算班组生产活动绩效对经济效益的影响额。

3. 关于进一步完善现行成本核算的几点意见

成本核算基本的要求是及时性和真实性。为了体现这一要求，成本核算必须符合实际成本计价原则、权责发生制原则、一贯性原则、分期核算原则、合法性原则、重要性原则等。该公司成本核算做了一定的改革，基本上符合及时性的要求，对管理起到了一定的作用。但是，成本核算还应当注意相对准确，并充分发挥成本核算在内部经营管理的作用。为此，我们提出如下几点意见：

1）设置“产品成本差异”科目

该公司每一分厂成本核算均通过完工半成品的计划成本与计划价格成本对比，揭示成本差异，平行结转给完工产品成本负担，并按各产品完工产品成本的比例分配，这样简化了成本核算工作，使车间当月成本差异完全体现在完工产品成本上。这种做法在大量生产的企业里，假若各车间投入产品的品种与完工产品的品种一致时，可以考虑使用。但根据该公司的生产特点，各车间投入生产的品种和完工产品品种并不完全一致。同时，各车间投入的台份与完工产品的台份也并不一致。这样，成本差异分配就会张冠李戴，还会人为地造成成本忽高忽低，不能真实地反映各种产品成本水平，必然相应地影响各种产品利润的正确性。我们认为，该公司应设立“产品成本差异”科目，并在该科目下设立多栏式明细账，按车间设立专栏，反映各种产品的成本差异。月末，按产品品种将成本差异结转给完工成本负担。假若有些产品未完工，则不结转成本差异。这样计算，既不增加多少核算工作量，又能保证产品成本计算的正确性。同时，通过多栏式明细账对各车间当期成本差异也可一目了然，有利于成本分析，并能分清责任。

2）关于工、费分配的问题

该公司材料成本一般采取直接计入各种产品成本的方式，工费采取分配的方式。热加工按各种材质的产量进行分配，冷加工一般按工时的比例进行分配，组装分厂按各种产品的产值进行分配。我们认为，工、费分配标准应与工、费之间具有内在联系，才能保证产品成本计算的准确性。但是该公司有些分厂工、费分配标准值得探讨。

（1）组装分厂按产值进行分配是不合理的，各种产品的价格高低同它应负担的工、费的多少并没有必然的联系。因为产品价格还受物化劳动比重大小的影响。所以，我们建议组装分厂工费分配应按各种产品的实际工时进行，如果实际工时数据不具备，则可按完工产品的定额工时于进行。

（2）机械加工分厂分为大件工段和小件工段。这两个工段所配备的设备大小不一，大件工段单臂刨床与小件工段牛头刨床每小时负担的设备折旧费、修理费、保养费和动力等费用相差较大。另外，大件工段立车和小件工段的一般车床也存在同样的情况。至于钳工每小时费用同设备每小时费用，更是相差悬殊。据某重型机器厂测算，8M的立车和钳工每小时制造费用的比例是40：1，4M龙门刨和小牛头刨每小时的制造费用的比例为12：1。根据这一情况，我们建议，机械加工分厂应将机床分为若干类，以各类机床每小时的折旧、修理、保养等费用或每小时机械加工价格为依据，确定折合系数计算折合工时。然后，将各种产品的各类生产工时按系数折算为折合工时，据以分配制造费用，这样做才更为合理、准确。燃料及动力费也应按折合工时分配。如果这样计算分配有困难，至少应将制造费用、燃料及动力费按大件工段、小件工段归集，分别进行分配。但我们认为第一种分配方法较为合适。

（3）箱桥分厂加工中心设备价值较高，折旧费、维修费、保养费等费用也较高。因此，由加工中心制造的零部件工时应单独统计，按照一定的系数进行折合，作为分配标准比较合适。

必须指出，生产费用在各产品之间的分配是否准确，直接关系到成本信息是否真实，从而影响到企业的成本决策。如果费用分配不准，就会产生一些问题：如本来某种产品是盈利的，但由于费用分配方法不当，将其他产品的费用分配给了该种产品，从而给人们造成该种产品亏损的错误印象；而另外一些产品本来是亏损的，由于费用分配的不合理，却将应由该种产品负担的费用分配给了其他产品，从而造成了产品盈利的错觉。所以，正确地分配生产费用不是一个小问题，虽然全厂总的成本未变，但由于每种产品的成本发生了变化，从而影响了企业的成本决策。

3）关于辅助生产部门费用的分配问题

该公司辅助生产部门主要是动力分厂（供暖、供汽、供水）、运输科、设备科（供电）。各部门辅助费用的分配按计划成本分配法进行分配，成本差异转入财会部门。这样，可以加快成本计算工作，并能考核辅助生产部门成本计划的执行情况。但我们认为，财会部门将各辅助生产部门的成本差异按完工产品计划价格计算的产值进行分配的做法是不合适的。因为两者之间没有配比的关系。在这里，我们提出两种克服这一缺点的办法：

（1）各辅助生产部门的成本差异列入制造费用成本项目，按照各完工产品已分配的制造费用的比例进行分配。

（2）对于动力分厂、运输科的成本差异，按以上分配方法进行处理。设备科的成本差异，可按完工产品已分配的燃料与动力成本进行分配。

4）关于各分厂在产品成本的计算问题

该公司各分厂的在产品只计算材料成本，如铸造分厂在产品分材质按每吨材料计划成本计算，其他分厂根据月末盘点数量，按其材料计划成本计算。也就是说，所有分厂在产品不负担工、费成本。我们认为，在月初月末在产品数量比较稳定的情况下，这样计算简化了费用的分配工作。但是在产品数量不稳定的分厂，如箱桥分厂在产品不计算工、费成本，是值得研究的。我们建议，箱桥分厂在产品工、费成本可按其定额工时乘上小时计划工、费来确定。

5）关于废品损失的计算问题

机械工业生产过程中产生废品是不可避免的。该公司设置废品损失成本项目，核算废品损失是非常必要的。目前，该公司有些分厂废品损失按计划成本计算，公司则要求工、费按合格品与废品工时比例进行分配。现在问题在于如何处理由于料废而发生的废品损失。我们认为，为了加强责任成本计算，由于料废所负担的全部废品损失，应按责任单位进行结转，但目前公司的做法是只转原材料成本，而废品的工、费由废品发生车间负担，这不符合经济责任制的要求，也不能正确考核各车间的经济效益。

关于废品率还应注意的问题是，加工中心的废品率较高。其原因是：①该中心运行不稳定，经常出现故障；②加工中心对材料的质量要求较高，一般的材料经过它加工易出废品；③加工工人的技术水平不高。上述三方面原因使加工中心的废品率高达60%，为了解决这个问题我们必须做好两方面的工作：一是对加工中心进行改造，使其能符合本企业的要求；二是要对生产工人进行技术培训，提高生产工人技术水平。

6）关于设置的成本项目问题

该公司目前设置直接材料、直接人工、制造费用、废品损失等四个成本项目。将工业企业会计制度规定的其他直接支出项目并入直接工资项目中。这种做法是合适的。但是，将燃料与动力作为直接材料成本项目中的分项目是不合适的，尽管制度也是这样规定的，然而，这两者内容并不完全一致，特别是动力费用，更不能列入直接材料成本项目中。另外，从计算在产品成本来看，在产品可以百分之百计算直接材料成本，而其中燃料及动力则随加工进度逐渐增加。所以，我们认为，应将燃料及动力单独作为一个成本项目，这样，既便于成本计算，又有利于进行成本分析。

7)铸造分厂成本计算问题

铸造分厂可以分为化铁、造型两个工段，化铁可以视为一个单独的生产步骤。现在该公司对铸造分厂只计算各种材质铸件的完工成本，对于化铁这一步骤不单独计算成本。我们认为，化铁成本的高低，对铸铁件的成本有较大的影响。为了加强责任核算，对这步骤应计算每炉成本，并同其计划成本进行比较。计划成本可按冲天炉不同材质产量乘其单位计划成本来确定。这样，可以及时揭示化铁成本差异，迅速采取措施，降低冲天炉每吨产品成本。

4. 成本核算制度改革的方向

目前该公司采取实际成本核算制度，这一成本核算制度不利于成本分析，也不利于成本控制，未能充分发挥成本核算应有的作用。根据该公司品种少、生产工艺比较稳定的生产特寺点，我们认为，可以施行标准成本制度。该制度在西方一些企业广泛采用，它是把成本计划、控制、计算和分析相结合的一种会计信息系统和成本控制系统。其特点在于：

(1)预先制定生产各种产品的标准成本，作为职工工作努力的目标，以及衡量成本节约或超支的尺度，起着成本事先控制的作用。

(2)在生产过程中，将成本的实际消耗与标准消耗进行比较，及时揭示成本差异，以加强成本的事中控制。

(3)每月终了，将实际产量的标准成本同实际成本相比较，分析差异产生的原因，查明责任归属，实现成本的事后控制。

我们认为，该公司在实行标准成本会计的同时，还可同责任成本计算相结合，这样，有利于增强职工的成本意识，有利于成本控制，有利于正确评价企业的业绩。所以，推行标准成本制度和责任成本计算，是公司成本核算改革的方向。

5. 加强企业成本工作的基础

我们认为，成本工作的基础包括两个方面：

1)加强计量、定额、原始记录、计划价格的制订目前，该公司在这方面做了大量的工作，但是一些车间有些消耗定额存在着偏低的倾向，起不到成本控制的作用。例如，前基架每件定额28.6小时，实际上，三个人一组，一天能完成10个，即完成定额工时286小时。按每天工作8小时计算，可以完成工时定额的12倍 [286/(8 × 3)]。由此可见，铆工不到2天就可以完成一个月的工作量。这样的定额，在成本控制方面就失去其意义。该公司基础工作不够完善，也影响到企业生产的均衡性，每月商品产量往往集中于下旬完成。这样突击生产必然影响产品质量，使生产成本提高。生产不均衡，虽然有客观原因，但主要还是由于企业生产经营组织不完善、企业管理不健全。所以，我们认为，应将生产均衡性作为考核企业的一个重要指标。

2)加强成本人员基本功的训练

随着市场经济的发展，财会工作，特别是成本工作越来越重要，对于成本人员的要求也越来越高。例如，现代成本管理工作对成本人员的要求如下：

(1)成本人员不仅要懂得会计和财务管理，还应懂得经营管理，特别要熟悉生产技术。由于影响产品成本的因素在一定程度上技术因素起着决定性的作用，这就要求成本会计人员努力学习生产技术，学会运用价值工程，在经济型成本管理转变为经济与技术结合型成本管理过程中充分发挥其作用。

(2)成本人员要熟悉现代成本管理的理论和方法，学会分析预测和决策，具备过硬的岗位本领，真正起到领导的参谋作用。

(3)成本人员要树立起强烈的经营意识、竞争意识、技术进步意识和效益意识，有效地保证经济效益的提高。

(4)成本人员应学会使用电子计算机进行信息处理，以适应经济发展对成本管理越来越高的要求。

从该公司现有成本人员素质来看，应当说与同类型企业相比还是比较好的。但同现代企业制度要求相比，成本人员还需要扩大知识面，更新财会知识，学会使用计算机。特别是车间核算员，他们在基层独当一面，对他们要有更高的要求。根据一些管理水平较高企业的经验，只有基层配备了强有力的成本人员，才能拥有良好的基础，充分发挥成本管理在挖掘降低成本潜力中的作用。

6. 其他问题

1)建立成本责任制

成本管理涉及面广，仅靠会计部门少数人员绝对管理不好。首先要求领导重视，充分发挥一长三师的作用。总经理是财务成本工作组织的领导者，应对本单位财务成本工作负完全的责任。总会计师、总工程师、总经济师应分别从经济、技术以及两者结合上组织企业成本工作。一长三师融为一体，分工合作，才能强化企业的成本管理工作。其次，要建立成本责任制度，归口分级管理，企业各职能部门都应对成本负担一定的责任，实行成本否决。另外，组织广大职工参加成本管理，将成本指标分解、落实到分厂、班组和个人。在建立成本责任制时，应对材料的利用率也建立相应的制度。目前该公司钢材的利用率较低，约在70%左右。其主要原因是手工切割不准确，容易出现废品，应改进切割工艺，提高材料的利用率，从而降低产品成本。

2)对技术部门的要求

企业经济效益的高低，技术部门工作的好坏起着举足轻重的作用。这就要求技术人员要懂经济，掌握成本管理的基本知识。这样，才能使产品设计、工艺制定体现提高经济效益的要求。

在进行产品设计时，应经常开展价值工程活动，不断降低产品的设计成本。同时，在进行产品设计时，应尽量采用标准件、通用件，以降低产品成本。

3)关于产品质量问题

市场经济驱动每个企业面向竞争，竞争的关键在于高质量、低价格。从某种意义上说，质量是企业的生命线。产品质量不好，生产出来的产品只能积压在仓库。所以，应充分发挥全面质量管理的应有作用，加强质量管理队伍的建设，提高质量管理人员的水平才能对产品质量进行全面分析，真正找出影响该公司产品质量的症结所在，采取有效措施，克服质量方面的问题。

4)协配件的问题

该公司产品协配件成本占全部成本的60%左右。因此，合理组织协配件的供应和成本管理，是降低产品成本、提高产品质量的一个关键性的问题。首先，对本厂能够生产的协配件要进行自制或外购的决策，在工厂现有生产能力未能充分利用时，只要协配件的变动成本低于外购价格，就应尽量自制。其次，对于本厂不能生产的协配件，应货比三家，尽量采购离我厂近、价格低、质量好的协配件厂家的产品。此外，对于协配件的质量，应坚持检查，特别是重要的协配件，应逐批抽样甚至逐件进行严格的质量检查。目前，该公司的协配件供应厂家多数在南方，离厂较远，信息不灵，运费较高，出现了问题往往不能及时解决，影响了企业的正常生产。公司应尽快、尽力与省内或者市内一些厂家接触，取得这些厂家的信任和支持，从这些厂家进货，降低协配件的采购成本和储存成本。

据我们了解，产品发生质量问题较多的环节是在柴油机上。它是影响该公司产品质量的一个关键问题。应与配套厂家联系，提高该产品的质量。

5）设备利用率低的问题

目前，该公司的设备利用率较低，特别是用贷款购建的设备利用率不高，从而不仅要支付较高的银行借款利息，而且还要投入较多的人力、物力对其进行保养。主要原因是某些设备的质量不高；同时，操作人员的技术水平较低也是一个重要的原因。解决这一问题的对策是要对设备进行维护，提高其运转质量。同时，应对操作人员进行培训。我们认为，现代企业管理，不仅需要具有较高文化水平的管理人员、技术人员，同时，还应有一大批掌握先进技术的熟练工人和高级工人技师。这些高水平的技术工人掌握了先进技术和先进设备的操作，不仅可以提高劳动生产率，而且还可以提高产品质量，从而降低产品成本。所以，在企业招聘人才时，应对生产过程中的急需技术工人进行招聘，以弥补工人技术力量的不足。

6）关于企业管理人员的问题

现代化企业的生产要求提高劳动的生产率，提高办事效率。其基本前提应是有一个机构精练、人员少而精的管理部门。该公司目前在这方面做得不够，管理人员较多，应采取相应的措施，实行定岗定编，精简机构，提高办事效率，以提高劳动生产率，降低产品成本。

以上，我们就某公司成本管理及其相关方面的工作提出了一些看法，并对一些问题提出建议。由于我们水平有限，加之时间仓促，难免有不当之处，所提建议仅供参考。

1997年，欧阳清在朝阳工程机械有限公司诊断留影

四、欧阳清获得的各种荣誉

1954年，欧阳清被评为“东北财经学院优秀青年教师”。

1982年，欧阳清被评为“大连市科协积极分子”“东北财经大学先进工作者”。

1984年，欧阳清被评为“东北财经大学先进工作者”“大连市优秀教师”。

1985年，欧阳清被评为“大连市优秀教育工作者”“大连市会计学会优秀工作者”。

1986年，欧阳清被评为“东北财经大学优秀共产党员”“大连市劳动模范”、“大连市优秀共产党员”“大连市优秀教师”“辽宁省优秀教师”“辽宁省高等教育学会1982—1986年优秀高教研究积极分子”。

1987年，欧阳清被评为“东北财经大学优秀共产党员”“大连市精神文明建设活动积极分子”“大连市优秀共产党员”“大连市模范教师”“全国财税系统劳动模范”。

1988年，欧阳清被评为“东北财经大学优秀共产党员”。

1989年，欧阳清又被评为“大连市优秀共产党员”；被评为“辽宁省优秀教师”；第二次被评为“全国财政系统劳动模范”。

1991年，欧阳清被评为“辽宁省优秀共产党员”“辽宁省劳动模范”“全国优秀教育工作者”，获得“全国五一劳动奖章”。

1992年，欧阳清被评为“大连市优秀专家”“东北财经大学优秀共产党员”“东北财经大学优秀指导教师”。

1993年，欧阳清第二次被评为“辽宁省优秀教师”。

1994年，欧阳清获得国务院特殊津贴。

1999年，欧阳清被评为“东北财经大学优秀共产党员”“东北财经大学会计学院科研积极分子”。

五、欧阳清优秀学生代表（按入学顺序）

姓名	年级	阶段	职务职称
刘永泽	1974	本科	教授、博士生导师，原东北财经大学会计学院院长
	1982	硕士	
董大胜	1974	本科	原中华人民共和国审计署党组副书记、副审计长
王卫平	1974	本科	原中化国际（控股）股份有限公司审计稽核部总经理
董连胜	1974	本科	原辽宁财政厅副厅长
	1990	硕士	
孙大林	1974	本科	原辽宁审计厅副厅长
	1990	硕士	
汪伟	1974	本科	原沈阳低压开关厂总会计师
	1990	硕士	
鲁昕	1977	本科	原教育部副部长
金中项	1977	本科	原辽宁证券公司副总经理
傅荣	1977	本科	东北财经大学教授、原会计系主任
	1985	硕士	
万寿义	1977	本科	教授、博士生导师，原东北财经大学会计学院副院长
	1985	硕士	
陈友邦	1978	本科	原东北财经大学教授
	1982	硕士	
陈福义	1978	本科	上海学尔森学院教授
毛岩亮	1978	本科	原大连市保税区主任
	1982	硕士	
张先治	1978	本科	教授、博士生导师，原东北财经大学会计学院副院长
	1986	硕士	
秦志敏	1980	本科	东北财经大学会计学教授、财务与会计研究中心研究员、原东北财经大学财务系主任
	1986	硕士	
郑海英	1981	本科	中央财经大学教授
	1985	硕士	
牛彦秀	1981	本科	东北财经大学教授，原财务系副主任
	1985	硕士	
邵敏	1983	本科	财政部会计事务管理司副司长
刘明辉	1984	硕士	大连出版社社长兼总编，东北财经大学教授、博士生导师

（续表）

姓名	年级	阶段	职务职称
李敬辉	1985	硕士	财政部经建司司长
陈文铭	1985	硕士	东北财经大学教授
刘继伟	1985	硕士	东北财经大学教授
余俊仙	1986	硕士	浙江天平会计师事务所创始人、教授级高级会计师
王玉红	1987	本科	东北财经大学会计学教授
	1991	硕士	
左吉贵	1989	硕士	中国人寿财产保险股份有限公司深圳市分公司副总经理
王鹏程	1991	硕士	安永会计师事务所大中华区行业发展主管合伙人、审计服务首席运营官
党英	1992	本科	中国兵器工业集团民品发展部副总经理
	1996	硕士	
郭永清	1992	本科	上海国家会计学院教授
	1996	硕士	
杨雄胜	1996	硕士	教授，博士生导师，南京大学会计与财务研究院院长
陆建桥	1993	硕士	国际会计准则理事会理事（中国代表）
方红星	1993	硕士	东北财经大学会计学院教授、博士生导师、会计学院院长
孙光国	1995	硕士	东北财经大学教授、博士生导师、网络教育学院院长
孔繁国	1995	硕士	李尔华中区运营总监、东风李尔汽车座椅有限公司总经理
李连军	1996	硕士	南京财经大学会计学院教授、副院长
陈岩	1997	硕士	东亚银行北京分行财务管理部总经理及华北区财务条线负责人
杨云飞	1998	硕士	原上海开利冷冻机厂财务经理
孔庆春	1998	硕士	柳州东风李尔汽车座椅有限公司运营总监
杨阳	2001	硕士	加拿大杨氏教育股份有限公司创始人

六、媒体对于欧阳清的相关报道（按时间排序）

时间	媒体	报道文章
1987年4月15日	东北财经大学校刊	忘我劳作，默默奉献
1989年第5期	财会通讯	记全国财税系统劳动模范欧阳清教授
1991年7月第6期	宣教通讯	一代尊师 青年挚友——全国五一劳动奖章获得者欧阳清教授教书育人先进事迹之一
1991年6月29日	大连日报	部分先进党组织优秀党员剪影
1991年12月	东北财经大学青年教师培养工作经验交流专辑	为青年教师迅速成长呕心沥血，言传身教——欧阳清教授培养青年教师的实践
1993年第5期	财会通讯	东北财经大学教授 硕士研究生导师 欧阳清先生
1997年1月	大连市老教授老专家为科教兴国做贡献汇报会文集	献身科教 永奏进取乐章
1997年1月	财会通讯	一代尊师 青年挚友——记全国财税系统劳动模范欧阳清教授
1998年第2期	辽宁财税	夕阳正滟染桑榆——记东北财经大学知名学者欧阳清教授
2002年	东北财经大学 50 年校史	红旗团委书记金东和全国劳模欧阳清
2005年5月2日	北京晚报	欧阳清教授书桌
2011年	东财人	欧阳清
2011年	信风·学人专访	再拾青春朝花 永奏进取乐章——记我校硕士研究生导师欧阳清教授
2011年3月100期	东财大学生	欧阳清
2012年第34期	致远（复旦大学管理学院院刊）	一切历历在目
2015年6月	中国会计视野网“会计口述历史”栏目	欧阳清：会计教育改革的先行者
2015年11期	中国工会财会	把理论转化为实践的会计教育改革的先行者——记全国财税系统劳动模范欧阳清
2015-2016	会记	欧阳清：会计教育改革的先行者
2015年11月27日	中国会计报	欧阳清：会计教育改革的先行者
2016年第二期	校友通讯（东北财经大学）	会计口述历史——记欧阳清老师

后记一　写给恩师

纪　玮

得知年近九旬的欧阳老师要出传记，我既惊又喜！我知道这对他老人家来说是件多么不容易的事！但我还是期待着我尊敬的老师的作品早日完稿。

日月如梭，我和欧阳老师相识34年了。当记忆的大门打开的瞬间，那些美好的往事犹如时间常青藤上的点点露珠，在阳光的照耀下，一颗颗发出晶莹剔透的光环，让我禁不住驻足凝视……

我是一个平常的女孩，却因为嫁给一个不平凡的丈夫，似乎变得有点不平常了。丈夫的不平凡，是他从一个出生在农村的孩子，历经了幼年父亲受迫害致死、个人残疾、青年下乡、求学艰难，成长为今天的大学教授、博士生导师、知名财务会计专家、国家级名师、全国自强模范等。他的不平凡与祖国的改革开放、经济腾飞相关；与他坚忍不拔的一次次与命运的抗争相关；更重要的是与他在人生的几次重要关口遇上的“贵人”息息相关。欧阳老师就是他的“贵人”和我们全家的“恩人”。

记不清，从1984年至今，欧阳老师给我丈夫和我在事业上、生活上多少指导与帮助；道不尽，我们对欧阳老师的无比崇敬与感激！在这里我只想以学生家属的身份写几件欧阳老师对我们关爱的事例。

一、初识欧阳老师

与欧阳老师相识完全是因为我俩的那场轰轰烈烈的爱情。记得那是一个深秋的傍晚，我被当时还是男朋友的他引领着来到东财山脚下的家属七号楼的一间普通的公寓里。台灯照着有些昏暗的房间，一堆书稿的写字台前端坐着面色和蔼、话语轻柔、操着南方口音的欧阳老师。他温和地询问我的工作和家庭情况，他说他知道我和他的学生相爱，但遇到家庭的阻力。他要亲自告诉我，他的学生非常优秀，人品好，是可以托付终身的，他可以保证！如果是因为家庭的反对，他可以亲自找我的父母亲做工作。当我凝视着眼前这位德高望重、知识渊博、又是那样真诚亲切的老师时，我那颗来时还恍惚不定、犹豫不决的心顿时平静和坚定了下来。因为我相信眼前这位慈祥的老师对他学生的评价，相信这位学者风范的长者不会欺骗我！从欧阳老师家里出来的那一刻，我就毅然决然地选择了与他的学生白头偕老、共度此生。

二、恩人相助

1986年我生了儿子后，欧阳老师为了减轻我先生的家庭重担，为了让我就近上班，又开始为我的工作调动做出了不懈的努力。他多次找当时的校长、党委书记，希望把我调入学校工作。在多番努力无果后，他又通过个人的关系，把我调到学校附近的一家小厂做财务工作。这为我先生在边教学边读研的最艰难的时期解除了后顾之忧，为他今后的教学、科研打下了坚实的基础。

三、我们是一家人

三十几年间，我们与欧阳老师一家人结下了水乳之情，这份感情虽不是亲情，却胜过亲情！

儿子记得：每年"六一"儿童节都能收到欧阳爷爷送的礼物。

我记得：在欧阳老师获得全国"五一劳动奖章"归来的那个春光明媚的下午，我在美丽的校园见到了身着西装、系着领带、笑容可掬、神采奕奕的老师。此时，我就像见到载誉归来的亲人一样，为老师骄傲和喜悦。

我们全家记得：师母亲手做的一桌桌南方佳肴的味道，那香喷喷的肉粽、五彩的八宝饭、珍珠玛瑙般的汤圆和一小碗饭后端上来的用小叉子吃的各种水果……老师的一家把我们当成他们的家人，让我们在每个节日就像回到了父母亲身边一样的温暖。师母的聪慧、贤德是我心中永远的楷模！在我当了师母之后，这种潜移默化的影响也在不自觉中传承了下来。

几十年的光阴中，我们和老师一家已经成为亲人。老师在大连的时候，每年的教师节和大的节日，我俩都会像探望父母一样去和老师家人团聚，师生间永远有说不完的话题。晚年时，我们也陪老师、师母玩麻将，就像在家里和自己的父母一样的亲切、自然。后来，我们出国的机会多了，无论走到哪里，首先给老师挑选礼物已经成了我们的习惯。老师也是时刻关心着我们。老师搬到上海后，打长途电话便成了家常便饭，他常叮嘱我们爱护身体、夫妻关爱、家和万事兴！

我有幸与先生人生中最重要的硕士、博士导师相识了几十年，他们的人品和学识影响和激励着我们，成了我们生命中永远的里程碑！可惜的是尊敬的博士生导师汪祥春教授已离我们而去。现在我们只有欧阳老师了。多少个愿望化做一个：就是希望欧阳老师和师母健康长寿！有你们在，我们就是有家的孩子，我们的有生之年就有去处，漂泊的心就有归宿！愿我们慈父母般的老师和师母福如东海、寿比南山、健康快乐、安享晚年！

2017年12月28日

后记二　师生之谊，情同父子

孔繁国

翘首企盼终如愿，我的研究生导师欧阳清的这本自传终于和我们见面了，高兴之情，无以言表。

年近90岁高龄的欧阳清导师经历丰富却谦虚为怀，本无意出书立传，是在我们这些当学生的再三恳请下才答应动笔编写的。我们请求导师把他的工作经历和丰富的人生阅历通过文字进行总结，以便使我们从中学习和分享他在国家成本会计管理研究领域中的经验和成果。同时，也作为国内成本会计管理与实践方面的宝贵财富和重要典范，指导和影响我们新一代财务人。

导师欧阳清教授是福建省福州市人，是国内著名的成本会计管理学家。他的工作经历和获得的荣誉始终使我敬重和尊崇。导师于20世纪50年代初毕业于复旦大学工商管理本科，毕业后，他本着振兴新中国经济，回馈国家建设的深厚情感，走上了成本会计管理的教学和研究之路。他长期在中国成本管理与经济研究实践领域辛勤耕耘，是新中国第一代成本会计学家，是中国成本会计学的奠基者和开拓者。他主编的《成本会计学》以及参与主编的《成本会计大典》等书籍造诣至深，深深地影响了几代会计学人。

我是1995年9月在东北财经大学会计学院攻读成本会计管理研究生时有幸师从欧阳清教授。三年的求学生涯，在和导师的朝夕相处中，深感导师既是严师又是慈父，给我留下深刻印象。他治学严谨，兢兢业业，对我的专业学习严格要求，一丝不苟。他对我嘘寒问暖，在生活方面给了我很多关心和帮助。记得那时候，我家在农村比较贫穷，大冬天着衣单薄，导师看到后，把自己的皮袄塞给我，使我深受感动，深感慈父般的温暖。

研究生毕业后，我和欧阳清导师一直保持着密切的联系。其间，我先后在几家企业从事财务管理工作，从最初的会计岗位做到财务主管，再到财务经理以及区域财务总监。2007年10月，我有幸被任命为东风李尔汽车座椅有限公司总经理。一路走来，导师的治学品格和工作品德一直激励和鞭策着我，成为我在工作中克服任何困难的精神力量。记得导师经常给我们说的一句话："种瓜得瓜，种豆得豆，"他教导我们无论从事什么职业，有多少付出就会得到多少回报，专心并努力工作必定会有好的收获。现在，繁忙之余，欧阳清导师也不时打电话来关心我的工作和生活，对我所取得的任何一点成绩总是给予许多的鼓励。我也经常打电话给导师，向他寻求业务上的指导和帮助。岁月长河，奔流不息，师生之谊，情同父子。

欧阳清夫妇与孔繁国合影于上海

在本书出版之际，作为欧阳清教授众多的学生之一，我对导师回忆录的出版感到由衷的高兴！同时，我也要表达自己的心愿，将始终向老一辈学者学习，学习他们为人处事的优秀品德和严谨治学的良好风范，脚踏实地，不畏艰辛。

写下这篇文字正值新年春暖花开。在遥远的他乡，祝愿欧阳清导师健康长寿，阖家幸福，万事如意！

2018年3月于武汉

▲2004年，欧阳清夫妇于大连家中合影

2005年，欧阳清夫妇于上海留影

▼1999年，欧阳清夫妇在泰国旅游时合影

▲欧阳清夫妇在海南三亚旅游时合影

▲2010年，欧阳清80周岁生日留影

◀2015年，欧阳清同来自福州的学生郑季恒在上海家中合影

◀2015年，欧阳清夫妇与东北财经大学78级本科生、上海同济大学学尔森学院教授学生陈福义于上海家中合影

◀2017年，欧阳清与东北财经大学91级硕士生、安永会计师事务所大中华区行业发展主管合伙人王鹏程于大连家中合影

▲2017年，欧阳清夫妇与东北财经大学74级本科生、82级硕士生、原东北财经大学会计学院院长刘永泽及夫人合影

▲2017年，欧阳清夫妇与学生杜莹、刘立国伉俪于上海家中合影

▲2015年，欧阳清与来自北京的学生陈岩于上海家中合影

▲2017年，欧阳清夫妇与特地从北京过来看望他们的学生杨海英合影

▲2017年，欧阳清夫妇与东北财经大学78级本科生、82级硕士生、原大连市保税区主任毛岩亮及其夫人（左二和左三），刘永泽博导原会计学院院长（右三）、张先治博导（右二），85级硕士生、东北财经大学教授刘继伟（右一），85级硕士生、东北财经大学教授陈文铭（左一）合影

◀2017年欧阳清回东北财经大学，与会计学院院长方红星（右二）、书记张振坤（左二）、副院长王景升（左一）、副院长陈艳利（右一）合影

▶2017年，欧阳清同会计学院教授牛彦秀（左一）及办公室同仁刘冰、张惠、刘福华和韩惠玲合影

◀2017年，欧阳清与1952年一同分配到东北财经学院任教的林继肯教授（右一）和邓延芳教授（中）合影

►2017年，欧阳清与东北财经大学离退休人员工作处处长任宪武（左一）、副处级调研员白淑贤（右一）合影

◄2017年，欧阳清与本书编著者朱金玉副教授（右二）、蔡晓亮编辑（右一）、东北财经大学会计学院前总支书记刘书卓（左一）于大连合影

▼2017年，欧阳清夫妇与东北财经大学会计学院同事合影（右一为牛彦秀教授、右二为万寿义教授、右三为朱长忠高级会计师、右四为秦志敏教授、左五为傅荣教授、左四为孙坤教授、左三为张先治教授、左二为陈文铭教授、左一为王玉红教授）

▲ 2017年，欧阳清与东北财经大学出版社社长田世忠合影

▲ 2017年，欧阳清与东北财经大学档案馆馆长贾俊贤合影

► 2017年，欧阳清同原东北财经大学副校长郭长禄合影

▼ 2017年同留校学生（东北财经大学教授）合影（前排左起两位：张先治、孙坤；前排右起两位：傅荣、万寿义；后排左起：王玉红、朱长忠、陈友邦、秦志敏、陈文铭）